중국유학,
이것만 알아도 반은 성공이다

중국유학,
이것만 알아도 반은 성공이다

중국유학, 이것만 알아도 반은 성공이다

초판 1쇄 인쇄일 _ 2006년 10월 11일
초판 1쇄 발행일 _ 2006년 10월 20일

지은이 _ 홍성종
펴낸이 _ 최길주

펴낸곳 _ 도서출판 BG북갤러리
등록일자 _ 2003년 11월 5일(제318-2003-00130호)
주소 _ 서울시 영등포구 여의도동 14-5 아크로폴리스 406호
전화 _ 02)761-7005(代)
팩스 _ 02)761-7995
홈페이지 _ http://www.bookgallery.co.kr
인터넷 한글주소 _ 북갤러리
E-mail _ cgjpower@yahoo.co.kr

ⓒ 홍성종, 2006

값 10,000원

* 저자와 협의에 의해 인지는 생략합니다.
* 잘못된 책은 바꾸어 드립니다.

ISBN 89-91177-25-5 03810

BG 북갤러리

중국유학

이것만 알아도 반은 성공이다

홍성종 지음

BG 북갤러리

"못한다는 말은 곧 하지 않고 있다는 말과 같다"

<북경 구일외국어학교(北京 九日外國語學校)>
교장 김용욱(金龍旭)

새로운 환경 속에서 신속하게 변모하는 시대에 적응할 수 있는 시대 – 글로벌시대 – 에서 문화, 역사, 경제 등의 이해와 발전에 동참할 수 있는 유일한 해결은 언어의 상통이라 생각된다.

그러한 급변하는 시대에서, 한국인은 주어진 현실적 환경을 심도 있게 파악하고 세계를 향해 새로운 미래를 개척하는 일은 그 무엇보다도 중요하다고 생각한다. 특히 이러한 상황에서 우리에겐 바로 가까운 중국이 있다.

지금의 학생들이 10~15년 이후 세계 사회의 중심 역할을 해야 할 때 중국의 역할과 중요성을 미리 견지하고, 중국에 대한 올바른 인식(문화, 자원, 경제, 세계 중심 역할)을 필요로 하는 시대가 올 것이다. 특히 중국의 역사, 문화, 언어에 대한 치밀한 연구와 그것에 동화되지 않으면 살아남을 수 없다는 사실을 알아야 한다.

그렇기 때문에 중국에서의 유학은 그러한 글로벌시대에 발맞춘다는 사실에 비추어 볼 때 아주 큰 가치를 지닌다고 할 수 있다.

　현재 중국에 와있는 한국 유학생들에게 다음과 같은 당부의 말을 하고 싶다.

　1. 월등의식을 앞세우지 마라.

　- 한국문화의 월등의식만을 앞세워서는 중국인과의 융화, 융통, 상통이 안 된다. 각 나라의 문화의 차이를 이해하고 겸허히 받아들일 수 있는 포용력이 필요하다.

　2. 경쟁의식을 가져라.

　- 국민성을 발휘하여 정신, 지성, 지식에 대해 중국인들과 경쟁하라. 단순히 언어를 배우는 것에서 끝나서는 안 된다. 그들과 경쟁해서 이기려는 마음가짐이 무엇보다 필요하다.

　3. 못하는 것이 아니라 하지 않고 있는 자신을 발견해야 한다.

　- 중국의 유학생활은 열심히 하려고 하면 할수록 힘이 든다. 못한다는 말은 곧 하지 않고 있다는 말과 같기 때문에 마지막까지 최선을 다하라.

현재 중국에서의 많은 한국 유학생들의 잘못된 행태가 적지 않지만, 앞으로 점차 더 좋아지리라 생각된다.

아울러 중국 조기유학의 현실에 비추어볼 때 그동안 이러한 책이 꼭 필요하다고 생각했는데 이번에 중국유학을 앞둔 사람들에게 많은 도움을 줄 것으로 기대되는 책이 출간됨을 진심으로 축하한다.

"가능성에 도전하라!"

〈고려과외입시학원〉
원장 홍경미

보이지 않는 길을 스스로 만들어 갈 수 있는 가능성의 길에 도전하라!

현재 중국 유학생들을 바라보는 중국 현지 입시학원 원장으로서 가능성을 현실로 만들어 가야 하는 한국 유학생들을 보면 안타까울 때가 많다.

자신이 할 수 있는 한계까지 열심히 노력하는 학생들이 있는 반면, 유학생활을 공허하게 보내는 학생들도 많이 있기 때문이다.

지금의 모든 중국유학생들은 미래에 분명 우리나라의 애국자로서 사명을 다할 고급인력이 되어 영토확장의 '신라방 탄생' 의 주역이 될 것임을 잊지 말기 바란다.

중국 대학 입학에 대한 노하우를 묻는 학생들에게 북경 최고의 입시학원 원장으로서 다음과 같은 말을 하고 싶다.

"기존의 많은 학생들이 중국의 명문대학을 편법으로 또는 돈으로 들어가려고 하는 잘못된 입시태도를 갖고 있다. 하지만 지금부터라도 최선을 다하고 효과적인 입시 준비를 한다면 정정당당히 원하는 대학에 들어 갈 수 있다는 것을 명심하기 바란다. 북경에서 우수한 성적을 갖고 있는 학생들일지라도 입시전략과 정보 없이는 합격의 영광을 얻기 힘들다. 그것은 지방의 우수학생들도 마찬가지다. 지방의 우수학생일수록 정보력 부재와 막연한 자만심이 맹점일 수 있다. 중국의 명문대학들은 각 학과별로 외국인 학생 인원 제한으로 인해 입시경쟁이 치열하기 때문에 학과별 경쟁률 분석, 출제경향, 난이도 파악 등의 입시 정보력이 뒷받침되지 않으면 안 된다. 이와 함께 각 대학별 모의고사를 꾸준히 보고, 입시에 많은 노하우를 가지고 있는 선생님들을 통하여 마지막 점검을 잘 한다면 중국의 명문대학 입학도 꿈만이 아니다."

현재 중국의 교육상황은 이루 말할 수 없는 교육적인 문제점들과 유학생들의 내부적인 문제점을 내포하고 있다.

그러한 가운데 중국유학생들을 위한 현실적인 문제와 그 대안을 제시한 이 책을 출간하는 저자에게 깊은 감사를 드린다.

안개가 걷히고 나면 더욱더 맑은 하늘을 볼 수 있다는 사실을 기억하고, 고생스럽더라도 지금의 어려운 유학 현실을 이겨내고 자신의 가능성에 도전하는 멋진 한국 유학생들이 되기를 바란다.

  필자는 작가도 아니며, 전문적으로 책을 써본 경험이 있는 사람도 아니다. 다만, 5년 가까이 중국유학원에 근무하면서 수많은 학부모들과 학생들을 만나 상담하고, 중국 현지에서 학생들과 함께 먹고 생활하면서 직접 교육하고 느낀 모든 것들을 정리하고 싶었다. 그래서 중국 조기유학을 준비하고 있는 많은 학생과 학부모들과 함께 정보를 나누고자 이 책을 쓰게 되었다.

  지금도 상담을 해오는 학생들이나 학부모들을 보면 한 가지 놀라운 점을 발견하게 되는데, 중국 조기유학에 대해서 예상보다 너무 많은 것을 모르고 있다는 것이다. 나름대로 인터넷을 통해 정보를 알아보고 유학 중인 경험자들의 말도 미리 듣고 오는 사람들도 있지만, 실제 중국 현지에서의 유학생활과 필자가 알고 있는 유학생활의 많은 부분에 있어서 큰 차이가 있다는 사실을 모르고 있었다. 또한 중국에서 유학을 하고 있는 학생들과 학부모들 사이에도 각자 생각의 차이가 많이 남을 볼 수 있었다. 그래서 학부모들은 자녀의 모습을 보고 안타까워하고, 학생들은 자신을 이해하지 못하는 부모님들을 답답해 한다.

 이러한 부분들이 있다는 사실을 알고 필자는 중국 조기유학관련 참고서적을 추천해 주기 위해 대형서점에서 관련 서적을 찾아본 적이 있다. 그러나 갈수록 중국 조기유학에 대한 관심이 높아짐에도 불구하고 제대로 된 관련 서적은 찾아볼 수 없었고, 있다고 해도 추천할 만한 수준의 책은 되지 않았다.

 현재 시중에 나와 있는 대부분의 중국 조기유학관련 서적은 크게 두 가지로 볼 수 있다.

 한 가지는 모든 유학과정을 폭넓게 단계별로 정리한 일반적인 중국 조기유학 안내서에 불과하고, 다른 한 가지는 학부모의 경험에 비추어서(시행착오를 겪은 후) 체험담을 써놓은 학부모들의 경험서다(그것들 또한 이미 발행된 지가 몇 년이 지난 책들이다).

 그러나 위의 책들은 단순한 참고서적은 될 수 있으나, 현실적으로 중국유학을 준비하는 학부모와 학생들에게는 큰 도움이 되지 못한다고 필자는 감히 말하고 싶다. 중국유학 안내서의 경우 중국 대학 입학을 위한 단순자료인 것이 대부분이고, 학부모들이 집필한 경험담은 말 그대로 수많은 중국유학 사례 중 단 한 가지 경우에 불과하기 때문이다.

한국 학생들 특히, 사춘기를 겪으며 어린 나이에 우리와는 다른 중국문화 속에서 조기유학을 하고 있는 유학생들은 각자 다양한 성격과 특색을 가지고 있고, 학부모들도 자녀들에게 원하는 바 또한 다양하다. 그러기에 다른 학부모의 경험담을 비춰볼 경우 책에 나오는 자녀와 내 자녀는 다르며, 그 책에서의 작가가 자녀에게 원하는 바와 다른 학부모들이 자녀에게 바라는 바 또한 다르기 때문에 그 책의 내용이 중국 조기유학을 준비하는 데 큰 도움이 되기는 힘들 것이다.

그로 인해 필자는 부족하지만 중국 조기유학을 준비하고 있는 학생과 학부모 그리고 이미 중국에 조기유학을 보낸 학부모들에게 작은 도움이라도 되고자 이 책을 집필하게 되었다.

중국유학을 생각하고 있거나, 이미 유학 중인 학생 그리고 학부모들의 바람은 보통 다음의 세 가지일 것이다.

하나, 중국 조기유학을 성공적으로 마치고,

둘, 본인의 꿈을 실현할 수 있는 대학에 들어가 공부하고 졸업하고,

셋, 배운 모든 것들을 활용하여 자신이 하고 싶은 일을 마음껏 하는 것이다.

그래서 필자는 중국 조기유학에서부터 중국 대학 졸업 그리고 취업에 이르기까지 총체적인 책을 시리즈로 다음과 같이 집필하기로 마음먹었다.

제1권 《중국유학, 이것만 알아도 반은 성공이다》

제2권 《아무도 모르는 중국 대학 이야기 – 입학과 학교생활》(가제)

제3권 《중국유학 후 취업 어디로 해야 하나》(가제)

2권과 3권은 아직 시중에 나오지 않았지만, 2권의 경우 중국 내 각 대학들의 상세한 정보뿐만 아니라 실제 중국 내 대학교 입학생들과 졸업생들의 조언을 토대로 한 학과의 공부방법, 학과의 분위

기, 또한 실제 중국 내 대학교 유학생들의 생활모습과 그들이 가지고 있는 생각들을 중국 유명 대학별, 학과별로 나눠 집필 중이다. 3권은 어쩌면 가장 중요한 중국 대학 졸업 후의 진로에 대해서 현재 중국 대학 졸업 후 학교별, 학과별 한국 유학생들의 취업사례와 취업방법 등에 대한 자료 수집을 하여 정리 중이다. 기존에 나와 있는 책을 참고하기보다는 실제로 중국에서 유학을 하고 있는 수많은 대학생들과 취업준비생들을 만나 생생한 정보를 얻고 그것을 담고자 한다. 2권은 이르면 내년 여름에, 3권은 내후년 여름에 출간될 예정이다.

아무쪼록 지금도 중국유학을 준비하고, 또한 현지에 가 있는 모든 학생들에게 말하고 싶은 것은 분명히 중국이라는 나라는 유학을 갈만한 가치가 있다는 사실이다. 이 한 권의 책이 중국유학을 준비하는 많은 청소년들과 학부모들에겐 길잡이가, 현지에서 방황하는 모든 중국유학생들에겐 작은 용기와 희망이 되었으면 한다.

책이라고 하기에 너무나 부족한 이 글들을 읽고, 필자에게 하고

싶은 의견이나 미처 생각지 못한 수정이 필요한 부분들이 있다면
필자가 직접 운영하고 있는 홈페이지 게시판에 글로 남겨주면 다음
중국관련 도서를 집필할 때 꼭 참고하도록 하겠다.

아울러 중국 조기유학과 관련하여 더 많은 정보와 조언이 필요
한 독자들은 홈페이지 게시판이나 이메일로 상담을 요청하면 부족
하나마 도움이 되도록 최선의 노력을 다할 것이다.

마지막으로 모든 영광을 하나님께 돌리며 존경하는 부모님과 형
님, 형수님, 조카 예진이, 사랑하는 Y.S.A에게 이 책을 바친다.

2006년 9월
홍성종

|C·O·N·T·E·N·T·S|

이 책에 있는 대부분의 내용들은 중국 조기유학지역 중에서도 북경을 중심으로 소개하고 있다.

상담시 중국 조기유학지역을 추천해 달라고 하면 필자는 주저 없이 북경을 최우선적으로 꼽는다. 물론, 중국의 다른 지역들도 좋은 학교들이 많이 있고, 양심적으로 얼과 성의를 다해 학생들을 교육하는 학교도 많이 있다. 하지만 필자가 굳이 중국 조기유학 장소로 북경을 꼽는 이유는 개인적 의견일지는 모르나 다음과 같이 몇 가지로 얘기할 수 있다.

첫째, 환경적 요인
중국은 56개의 소수민족이 함께 모여 사는 나라로서 다양한 방언(사투리)으로도 유명하다 그중 북경은 중국의 수도로서 표준어를 사용하며, 중국 내 최신기술의 중심지역이기도 하다. 또한 표준어의 교육환경으로서 한국 유학생들의 관리경험이 풍부한 중국 학교들도 많이 있다. 이러한 중국 학교 외에도 한국 학생들이 처음 유학을 와서 적응하기에 친숙한 환경을 만들어 주기에 적합한 지역 또한 북경이다. 어느 정도의 한국문화와 중국문화가 같이 공유하고 있는 곳이기에 그러하다.

많은 한국 유학생들이 타 지역으로 조기유학을 갔다가 그 지역에 한국 학생이 너무 없어서, 또는 학교가 산 속에 있어서, 문화시설을 누릴만한 곳이 없어서 북경으로 전학을 많이 생각하는 경우도 이러한 환경적인 요인 때문일 것이다.

둘째, 중국 대학 입시 준비의 최적화

중국 기타 지역에서는 상해 1~2곳을 제외하고는 입시학원을 거의 찾아 볼 수 없다. 그러나 북경 내에서는 명문대학들이 즐비하기도 하지만, 한국에서처럼 유명 입시학원들이 우다코(五道口)지역과 왕징(望京)지역에 다수 분포되어 있다. 특히 우다코지역에는 한국에서도 이름만 들으면 알 수 있을 만한 유명 입시학원들이 많이 있으며, 왕징지역에는 아파트 주변으로 상당수의 보습학원들이 있다. 그만큼 북경지역이 교육의 요충지임을 보여주고 있다.

셋째, 우수한 과외교사진

북경에 한국 조기유학생들이 많다보니 과외교사진 역시 한국 학생들과의 오랜 과외경험을 가지고 있으며, 북경 내 유명한 대학의 과외선생님도 구하기 쉽다. 특히 'HSK(한어수평고시, 漢語水平考試)'만을 전문으로 하는 과외교사들도 있기에 짧은 시간에 큰 효과를 거둘 수 있다.

넷째, 주중, 주말생활

기숙학교가 안 맞는 학생들이 학교를 통학하고, 주말에 다양한 활동을 할 수 있기에 가장 좋은 지역이 북경이다. 한국 학생들 중 기숙학교 생활이 맞지 않는 학생들이 의외로 많다. 지방의 대다수 학교들은 100% 기숙사제도로 되어 있거나, 주택과는 상당히 먼 거리에 학교가 있어서 통학이 불가능한 경우가 많다. 하지만 북경에 있는 대부분의 학교들은 기숙사 생활과 통학 모두가 가능하다. 아울러 주말에도 여러 가지 다양한 주말 프로그램이 가능한 곳이다. 단적인 예를 들면, 북경은 수도이기에 앞서 다양한 문화재(천안문 광장, 이화원, 만리장성 등)가 많이 있는 곳으로서 처음 중국에서 주말을 보내는 학생들에게 다양한 중국문화를 접할 수 있는 학습 장소이기도 하다.

다섯째, 거주 문제

학부모들이 학생과 함께 중국에 올 때 가장 편하게 정착할 수 있는 곳 또한 북경이다.

▼천안문

▲만리장성

이 책 후반부에도 나오지만, 북경에서 왕징이나 우다코지역에는 학생들과 함께 생활하는 학부모들이 많이 있기 때문에 여러 가지 교육정보를 공유할 수 있으며, 정착하고 살기에도 좋은 환경을 가지고 있다. 주변에 모든 편의시설 또한 생활하기에 큰 어려움이 없을 정도이다.

위와 같은 개인적인 이유로 북경을 추천한다고 해서 다른 중국지역의 학교들을 무시하거나 안 좋다는 것은 절대 아니다. 생각에 따라서 북경지역도 많은 단점이 있는 지역이다. 다만, 한국 유학생들이 처음 유학을 하기에 북경이라는 곳이 참 매력적인 환경이라는 곳임을 말하고 싶은 것이다.

만리장성_세계 7대 불가사의 중 하나인 만리장성. 지도상의 총 연장은 약 2,700km이나 실제는 5,000km에 이를 것으로 추정된다.

천안문_명나라 초기에 창건되었으며, 처음에는 승천문으로 불리다가 1651년 개축시 천안문으로 개명되었다.

Part 1

방황하는 아이들

■■ 중국 조기유학시 나타나는 일반적인 문제점

"유학은 선진국에서 하는 것이 아닌가요?"

01

유학은
선진국에서 하는 것이 아닌가요?

■■■ 중국을 우습게 보는 아이들

"유학은 선진국에서 하는 것이 아닌가요?"

한국 유학생들이 중국에 온지 1~2주가 지나면 가장 먼저 하는 질문 중 하나다. 물론 유학 전 발전하는 중국의 모습을 인터넷 또는 방송을 통해 북경 중심가나 상해지역의 현대화된 도시들의 모습으로 생각하다가 우리나라 70~80년대 모습이 떠오르는 중국 북경 외곽지역이나 시장거리를 보고 하는 말이기도 하고, 생각보다 많이 낙후된 시설이나 모습을 보고 놀라서 하는 말이기도 하다. 또 지나가는 중국인들의 모습을 보고 그들의 남루한 옷차림에 실망하는 경우도 있다. 일반 중국인이 식당에서 일할 경우 한 달에 약 500위엔(한화로 66,000원 정도)을 받는다고 하니, 이들에게 멋은 사치에 가깝다고 볼 수 있다. 그러니 구식 건물 모습이나 일반 중국인들의 외양을 보고 한국 유학생들이 중국을 우리나라보다 낮게 여기는 것은 당연할 지도 모른다.

유학생들이 중국 학교에서 몇몇 중국 선생님들을 보고 '같은 옷을 며칠째 입어요', '입에서 냄새가 나요', '머리를 안 감아서 기름이 있어요' 등의 말을 하곤 한다.

실제로 중국 선생님들은 우리나라처럼 공무원이 아니라, 일반 직장인과 같다고 보면 된다. 거기다 월급도 상당히 적다. 그러니 패션 감각이나 지적인 모습이 없는 것은 당연할지도 모른다. 또한 중국이라는 나라 자체가 워낙 '빈부의 차'가 심하다 보니, 있는 사람은 정말 잘 살고 없는 사람은 너무하다 싶을 정도로 생활을 한다.

일전에 TV에 나온 내용이다. 중국의 항금식탁은 한화로도 몇 백만 원씩 하는 식사를 한 끼에 하는 사람들이 있는가 하면, 한화로 130원 정도의 식사를 겨우 하는 사람들이 있을 정도다.

그러나 문제는 위와 같은 생각들을 한국 유학생들이 생각하는 것으로만 그치는 것이 아니라 행동으로 표현한다는 데 있다. 심지어 어떤 학생은 항상 머릿속에 중국인을 낮게 여기는 생각이 있다 보니, 중국인을 우습게 여기고 욕도 서슴지 않게 하는 경우를 볼 수 있었다.

예를 들어 한국 유학생들이 택시를 탄 후 한국말을 전혀 모르는 중국 택시기사에게 어색한 중국어를 하다가 중국인이 잘못 알아들으면, "이 X끼", "X가지 없네" 등의 상스러운 말도 거침없이 한다고 한다. 그러다가 우리나라 말을 알아듣는 조선족을 만나서 크게 싸움이 일어나는 경우도 적지 않다. 어떤 학생은 학교에서도 선생님들이 한국어를 모른다고 심한 욕을 하는 경우도 있다고 한다. 그래서 중국 어느 학교에서는 국제부 선생님들이 한국말은 몰라도 한국 욕은 미리 공부해서 알고 있다고 할 정도이니, 정말이지 큰 문제가 아닐 수 없다.

말은 그 사람의 인격이다. 그것은 나이가 많고 적음에 상관없다.

문화가 다르고, 대화가 통하지 않더라도 상대방을 모욕하는 언어나 행동은 그 학생뿐만 아니라 중국인들에게 한국에 대한 나쁜 인식을 심어주게 되는 것이고, 나아가 그들에게 편협한 사고를 갖게 하지 않을까 하는 걱정이 된다.

02

청소년들의 영원한 숙제

■■ 담배, 술, 이성문제

한국 남학생들이 중국 기숙학교에서 종종 퇴학을 당하는 사례가 있는데, 그 이유 중 절반은 흡연문제, 바로 '담배' 때문이다. 어떤 한국 유학생들은 담배 때문에 퇴학을 당하지 않기 위해 일부러 통학하는 중국 학교를 찾기도 한다고 하니 정말 답답한 노릇이다.

한국에서도 청소년 문제 가운데 하나인 흡연 문제가 중국에서도 가장 큰 문젯거리가 되고 있는 것이다.

중국의 어느 가게에서도 담배와 술을 청소년이라는 이유로 팔지 않는 경우는 없다. 말 그대로 어른들의 제재 없이 자유롭게 흡연과 음주를 배울 수 있는 것이다. 처음에는 안 피우고 안 마시는 학생들도 기숙사에서 만난 친구 또는 학급 친구들과 어울리다보면 자연스럽게 배우게 된다.

많은 학생들이 흡연 때문에 문제가 되어 중국 학교에서 징계를 받게 되면 학부모들은 그 학교의 다른 한국 학생들 때문이라고 하소연을 하는 경우를 종종 볼 수 있는데, 재미있는 것은 그 학생들과 상담을 하다보면 대개 흡연은 일찍 한국에서부터 해왔던 경우가 대부분이다.

주말에 유학생들이 스트레스를 풀기 위해 가장 많이 찾는 곳 가운데 하나가 노래방이다. 그런데 노래방은 학생들이 자유롭게 술과 흡연을 할 수 있는 곳이기도 하다.

일반적으로 한 시간에 50위엔(한화 6,600원 정도. 주말에는 20~30위엔으로 세일도 한다)을 하는데, 만약 200위엔(한화 26,400원 정도)을 내면 그 노래방이 문을 닫는 새벽 3~4시까지 무제한으로 노래를 할 수 있으며, 각종 과일 등의 안주와 함께 음료수나 술 가운데 하나를 택할 수 있다. 그리고 선택한 음료의 10병이 무료로 제공된다. 주말에 한국 중·고등 유학생들이 우다코(五道口)에 있는 '나이트클럽'에 가는 경우도 쉽게 볼 수 있다.

참고로 대부분의 중국 학교에서 기숙사를 운영하면서 주중 관리는 철저하게 하는 반면, 주말의 경우는 모든 유학생들의 자유로운 외출이 가능하다. 밖에서 무슨 일을 하든지 학교 안에서의 일만 아니라면, 중국 학교들은 전혀 신경을 쓰지 않는다.

또한, 요즘 학부모들의 가장 큰 걱정 중 하나는 이성교제 문제이다.

예전 북경에 있는 한 산부인과에서 "현재 여기 산부인과는 한국 여중생, 여고생으로 넘쳐난다"는 말을 듣고 큰 충격을 받은 적이 있다. 심지어 한 중국 학교 기숙사에서는 남·녀 한국 유학생이 학교 기숙사에서 성관계를 가져 큰 문제가 되기도 했다. 호기심 많은 사춘기 시절 어른들의 간섭을 받지 않는 중국에 유학가서 자유롭게 이성교제를 하고 성관계까지 맺을 수 있다는 사실은 특히, 딸을 가진 부모 입장에서는 더 불안하고 걱정이 될 수밖에 없을 것이다.

지난해 한 중국 학교의 국제부 선생님(조선족)을 만난 적이 있다. 그 학교 한국 남·녀 고등부 유학생들과 성문제에 대해 상담을 했다면서 그 선생님은 학생들과의 상담한 내용을 들려주었다. 그러면서 국제부 선생님이 상담한 학생들의 생각이 한국문화와 중국문화의 차이인지 필자에게 물었다. 이유인즉, 그 학생들은 "어차피 내 인생인데 자신의 행동에 책임질 수 있다면 성관계를 하든, 무엇을 하든 어른들이 상관할 게 아니지 않아요?" 또는 "자기 또래에서는 '원 나잇 스탠드' 즉, 하루 잘 만나 잘 놀고 다음 날 헤어지는 것이 큰 문제는 아니에요”라고 말했다는 것이다. 솔직히 성문화에 대해 말한다면 중국 역시 빠지지 않는 나라 중 하나다. 일전에 거리에서 젊은이들은 ‘진한 스킨십을 삼가자’ 는 신문기사가 날 정도니 말이다. 그러나 이 경우는 성인인 경우다. 아직 어른들의 보살핌과 교육이 필요한 청소년들에게 있어 이 같은 대답이 나왔다는 사실은 실로 걱정이 아닐 수 없다.

왕징(望京)이나 우다코(五道口)지역에 보면 성인이 아닌 한국 중·고 여학생들이 자기들끼리 아파트를 얻어 생활하는 경우도 있다. 부모의 입장으로 본다면 얼마나 자녀들을 믿는지는 모르겠으나, 한국 유학생들을 오랜 기간 관리하고 있는 필자의 입장에서는 정말 이해가 되지 않는 부분이다.

물론 앞의 이성교제 문제는 열심히 노력하며, 힘들게 공부하고 있는 많은 한국 유학생들에 비해 일부에 불과할지도 모른다. 그러나 중국이라는 곳이 어린 한국 유학생들에게 있어 좋은 방향이 아닌 나쁜 방향으로, 마음만 먹으면 뭐든지 가능한 나라로 변할 수 있다는 생각을 하면 정말 걱정이 앞선다.

그 모든 불안 요소들이 유학생들이 자유로운 주말에 일어날 수 있다고 생각하면, 한국 유학생들의 주말관리의 필요성이 얼마나 중요한 것인지 새삼 느끼게 한다.

03

한국 조기유학생들의 주말문화

일반적으로 중국에서 한국 조기유학생들의 주말문화는 거의 정해져 있다고 봐도 무방하다.

중국 학교의 기숙사에서 생활하는 유학생들은(주말에 기숙사에서의 자유시간은 오전 9시부터 오후 7시까지다) 주말이 되면 항상 바쁘다.

남학생들은 아침부터 왁스와 중국에서 산 옷을 입고, 가방을 들고 우다코(五道口)로 발걸음을 돌린다. 여학생들은 아침부터 고데기로 한껏 멋을 내고, 약간의 염색에 브리지를 넣고, 화장도 하고 우다코나 왕푸징(王府井), 홍챠오(虹橋) 시장 쪽으로 간다. 그것도 버스를 타는 것이 아니라 거의 모든 학생들이 택시를

타고 움직인다(재미있는 것 중에 하나는 유학 간지 1년이 지나
도록 버스나 지하철 즉, 대중교통을 이용해 보지 못한 학생들이
상당수 있다는 것이다).

남학생들이 가장 많이 가는 곳은 역시 노래방, PC방, 당구
장, 만화방이며, 여학생들은 노래방, PC방 그리고 쇼핑장소이
다. 술집이나 나이트클럽을 가는 학생도 많이 있다. 우다코지역
에 한국 입시학원들이 많이 들어와 있는 이유도 있지만, 우다코
에서 지나가는 학생 중 1/5 이상은 한국 유학생들이라고 보면
될 것이다.

한국 유학생들끼리의 연락방법은 PC방에서의 인터넷 메신
저나 핸드폰을 이용한다.

핸드폰 또한 없는 한국 유학생들이 없을 정도이며, 중국에서
는 중고 또는 저가의 핸드폰들을 얼마든지 구입하여 사용할 수
있다(중국에서는 쓴 만큼 돈을 내는 것이 아닌 충전식으로 원하
는 금액을 충전하여 사용한다). 중국의 핸드폰은 받아도 돈이 나
가는 경우가 있어서 학생들은 주로 문자를 이용하는데, 재미있
는 것은 대부분의 한국 유학생들이 서로 문자를 주고받는데 있
어서 중국어가 아닌 한국식 영어로 주고받는다는 것이다.

예를 들어, 중국어로 핸드폰 문자를 보내야 하는데 한자를
잘 모르니, 영어로 보내게 된다. '나 지금 간다'를 발음 그대로

'na zigum ganda' 라고 표기하여 문자를 보내는 것이다.

이렇게 본다면 한국에서의 청소년 문제와 별반 차이가 없다고 부모들은 생각할 수 있겠지만, 이것이 바로 지금의 중국유학 현실이다.

필자도 우다코에 가서 가장 놀랐던 것 중 하나는 한국 청소년들의 문제의 장소가 되는 것이 우다코 대학가에도 거의 다 있다는 것이다. 예를 들어 노래방, PC방, 당구장, 만화방 등 이곳의 종업원들은 조선족 직원들로서 모두 한국어가 가능하다. 한국 유학생들에게 돈만 있다면 아무런 부담 없이 편하게 놀 수 있는 놀이문화가 바로 중국에도 있다는 사실이다. 한국에서 청소년들이 많이 가는 KFC, 맥도날드도 거리에서 흔히 볼 수 있다(우리나라보다 물가가 많이 싼 중국이지만, KFC나 맥도날드는 우리나라와 가격이 거의 같다).

또한 가장 마음 아팠던 것은 한국 유학생들이 대부분 주말에도 한국 학생끼리 어울리고 있다는 점이었다. 그것도 중국에서 생활하면서 중국문화를 새롭게 배우는 것이 아니라, 한국에서 생활하면서 익숙해진 생활 습관 그대로의 모습으로 생활하고 있다는 것이었다,

그리고 중국 학생과 친구가 되어 그 친구 집에 놀러간다든지 아니면 함께 주변지역을 둘러보는 등의 행동은 정말 찾아보기 힘든 일이었다.

　물론 주말에도 집에서 열심히 그리고 학교에서 과외와 자습으로 하루하루를 보내는 학생들도 있다. 그러나 그러한 학생들은 쉽게 찾아보기가 어렵다는 것이 오늘날 중국 유학생들의 현실이다.

04

부모들은 모르는 학생들의 심리
■■■ 내가 오고 싶어 왔나요?

필자는 항상 상담 받으러 오는 학부모들에게 가장 먼저 묻는 질문이 있다. 그건 바로 '학생이 스스로 중국유학을 가고 싶어하는가?' 이다. 이것은 대단히 중요한 것이다. 만약 중국 조기유학이 학생 자신의 의지가 아니라면, 유학을 보내기 전 자녀와 충분한 대화를 하여 그 필요성에 대해 미리 얘기해 주고 이해시켜주어 새로운 마음가짐을 갖게 하는 것이 매우 중요하다.

중국 조기유학의 경우 학생이 원해서 오는 경우도 있지만, 대부분은 학생보다는 학부모의 권유와 설득에 의해 오는 경우가 많다. 즉 자의(自意)보다는 한국 중·고등학교에 적응을 못하거나 학교 성적이 좋지 못해서 또는 중국 유학의 비전을 보고 유학을 결심했을 것이다.

이런 학생들이 중국유학을 오게 되면 대부분 6개월 내지 1년 정도는 적응 아닌 적응을 한다. 그러나 부모님이 원하시는 목표의 반에도 미치지 못하는 경우가 많다. 그런 경우 학생과 상담을 해보면 대뜸 '내가 오고 싶어 왔나요?' 라고 답하는 경우가 비일비재하다. 단순히, 홧김에 하는 것이 아니다. 정말 외롭고 힘들어서 심지어 울먹이면서 말하는 경우도 있다.

중국 조기유학이 분명 가치 있는 선택임은 분명하다. 그러나 그곳에서의 성공적인 유학생활을 하고자 한다면 본인의 많은 노력이 필요하다.

처음 해보는 유학생활에서 외롭기도 하고, 국제부에서 '왕따' 를 당하기도 하며, 친구들 간의 오해로 많은 상처를 입기도 한다. 부모 없이 혼자서 모든 것을 헤쳐 나가야만 하는 학생들의 입장에서는 결코 쉬운 일이 아닌 것이다.

자녀가 자의(自意)로 중국유학을 선택한 것이 아니라면 분명히 단언하건대 유학을 가기 전 학생들에게 중국유학의 필요성과 비전에 대해서 정확하게 설명해주고 '본인이 왜 중국에 유학을

가야 하는지' 에 대한 목적의식을 분명하게 갖게 하는 것이 매우
중요하다는 것을 잊지 말아야 한다. 만약 부모의 의지로만 보내
지는 중국 조기유학이라면 성공은 매우 힘들다는 것을 이해하기
바란다.

05

학부모와 학생들과의 괴리감

■■ 서로에 대한 이해가 부족하다.

대개 자녀 유학을 1년 정도 보낸 학부모들은 아이의 실력이 너무 늘지 않는다고 푸념들을 한다. 솔직히 중국어를 중국 가서 처음 접한 아이들이 1년간 공부하면 얼마나 높은 수준이 생기겠는가. 그럴지라도 부모들의 심정은 다른가 보다.

대부분의 학부모들은 1년 안에 유학생활의 반을 결정하는 경우가 많다. 즉, 싹수를 먼저 보고 결정한다는 마음일 것이다. 그러나 실제로 아이들에게는 1년간의 중국생활을 하면서 언어적인 문제, 친구들과의 문제, 거기다 부모님과 함께 있지 않는다는 불안감 등의 문제들에 대해 조금씩 적응해 나가고 있는 기간인데, 그 기간 안에 학부모들은 오직 자녀에게 공부 얘기만 한다

(물론 그렇지 않은 부모들도 많이 있다).

여기서 문제는 '한 시간 더 공부하면 아내의 얼굴이 혹은 남편 직업이 달라진다'는 요즘 말처럼 좀 더 나은 미래를 위해 지금부터라도 본인의 미래 준비를 하길 바라는 마음에서 시작하는 부모의 말 한 마디이겠지만, 유학생들에게는 늘 하는 잔소리로만 들린다는 것이다.

막상 중국에서 유학 중인 학생들을 만나보면 대부분 부모님들과의 대화 단절을 얘기하고 있다. 자신이 중국에서 얼마나 힘들게 유학하는지 이해를 못한다는 것이다.

어찌 보면 청소년기 시절에 가장 가까워야 하고, 가장 많은 대화가 있어야 할 부모의 역할이 단순히 유학비용을 대주는 역할로 자녀들에게 여겨질까 안타깝다.

필자가 봐도 중국에서 생활하는 학생들이 정말 생각이 없는 학생이면 모를까 그렇지 않은 경우의 학생들은 매우 힘들게 유학을 하고 있다. 또 공부와는 별로 친하지 않고 놀기만 좋아하고 자유롭게 생활하고자 하는 친구들도 상담을 하다보면 부모님께는 항상 죄송한 마음이 든다는 학생들도 많이 있다.

혹 이 내용을 보면서 "나는 이렇지는 않지"라고 생각하는 학부모가 있다면 지금 당장 자녀에게 물어보기 바란다. 본인이 생

각하는 모습과 자녀가 느끼는 모습이 얼마나 큰 차이가 나는
지….

　필자가 몇 년 동안 학생관리를 하면서 느낀 것은 중국에서
유학하는 아이들은 한국에서 부모와 함께 지내는 경우보다 더
많은 관심과 믿음이 필요하며, 그 길만이 서로의 괴리감을 없앨
수 있는 최선의 방법이라 생각한다.

06

중국 대학에 대한 잘못된 생각
■■■ 북경대? 폼 나잖아요!

작년에 모 중국 학교의 한국인 졸업생을 만난 적이 있다.

그는 유학을 온지는 6년 가까이 됐고, HSK 급수도 8급, 거의 모든 중국인들과의 대화에도 큰 어려움을 느끼지 못하는 학생이었다. 그 학생이 북경대 국제관계학과에 입학했다는 말을 듣고, 필자가 관리하고 있는 학생들에게 도움이 될까하여 여러 가지 공부방법이나 그 밖에 다른 생각들을 들으려고 만난 것이었다.

그런데 얘기를 나누면서 한 가지 놀라운 점을 느낄 수 있었다. 그것은 "북경대에 왜 지원했어요?"라는 필자의 질문에 그 학생으로부터 생각 밖의 답을 들어야 했다.

당연히 자신의 가치관이나 비전에 대한 얘기가 나올 줄 알았었는데 학생의 대답은 그와 정 반대였다.

"폼 나잖아요! 우다코(五道口)에서 북경대나 청화대 학생이 아니면 한국 학생들끼리 미팅하거나 거리를 돌아다니기도 창피해요!"

이 말을 들은 필자는 너무나 어이가 없었다.

어쩌면 학부모들의 명문대학 입학 열망이 결국 아이들에게도 전해진 것은 아닐까 하는 생각이 들었다. 물론 그 나이에 자신의 미래나 취업까지 생각하고 대학에 들어가는 경우는 극히 드물다. 그럴지라도 단순히 남에게 보여주기 위해 대학에 간다는 대답은 과연 이 학생에게 있어 중국으로의 유학이 어떤 의미였을까 하는 생각이 들었다.

대학 입학에 있어서 당연히 어떤 대학인지는 무시할 수 없는 부분이기도 하다. 그러나 남들보다 미래에 대한 준비를 먼저 시작한 사람들인데 아이의 미래를 위해 좀더 신중해야 하지 않을까 하는 생각 또한 든다. 즉, 무슨 대학보다는 어느 대학 무슨 학과냐에 초점을 두었으면 한다(북경대라고 해서 모든 학과들이 다 좋은 것만은 아니다. 예를 들어 법학은 남개대학, 정법대학, 인민대가 좀 더 유명하며, 신문방송은 복단대학, 한의학은 중의

대, 특히 하얼빈 공과대학은 인공위성을 쏘아 올려 중국에서도 꽤 인지도가 있는 공과대학 중 하나다).

또한, 실력이 부족해서 입학이 쉬운 대학(명문대가 아닌 대학들)에 들어갔을지라도 자신의 꿈을 위해 열심히 준비하고 노력하는 유학생들도 많다. 그럼에도 불구하고 많은 학부모들은 오직 중국 명문대 입학만을 원하고 있어 안타깝기 그지없다.

다시 말해 중국 명문대학에 들어가는 것이 나쁘다는 얘기가 아니다. 다만, 중국 명문대학에 대한 열망이 높아지면 높아질수록 중국에서의 조기유학도 그 나라의 문화를 배우는 것이 아닌 오직 중국 대학 입시 위주의 유학으로 변질되지 않을까 두렵다는 뜻이다.

07

돌아오면 방법이 없다

■■ 검정고시

중국유학 상담시 학부모들에게 필자는 '좀 더 신중히 결정하세요' 라는 말을 자주 한다. 학생 자신이 중국유학에 큰 기대를 하거나 또는 학부모의 설득에 의해 중국에 갔지만, 여러 가지 이유로 한국에 다시 돌아오는 경우를 볼 수 있다. 그런데 문제는 돌아와서 갈 곳이 없다는 것이다.

중국유학의 가장 큰 문제 중 하나가 학생이 중국생활이나 학교생활에 적응을 하지 못하고 다시 한국에 돌아올 경우 한국 학교에 들어가기가 쉽지 않다는 데 있다. 예전부터 학생, 학부모들과 상담을 하다보면 이 문제를 너무 쉽게 생각하는 것이 아닌가 할 정도로 대수롭지 않게 생각을 하고 있다. 물론 대부분의 유학원들은 일단 학생을 보내기 위해 중국유학생활에 대해 굉장히 긍정적인 측면만 상담을 해준다. 상담원의 상담내용이 틀린 것은 아니지만, 동전의 앞면이 있다면 뒷면도 있듯이 좋은 점이 있다면 분명 나쁜 점이 있음을 알아야 한다는 것이다. 즉, 중국유학을 결정함에 있어 학부모와 학생들이 좀 더 신중하게 생각하고 고민하기를 바라는 마음이다.

예전에 필자가 운영하는 인터넷 게시판에 중국에 유학을 갔다가 한국 학교에 다시 입학하기가 어렵다며 도움을 청한 글을 본 적이 있었다. 그 글을 본 후 타 학교 교장선생님과도 통화도 해보고 교육부 근거자료도 직접 찾아보았다. 교육부 근거자료를 보면 중국유학시 정상적인 국제부 허가를 받아 유학비자가 발급되는 학교의 경우에는 그 학력을 인정하는데 아무런 문제가 없다고 되어 있다.

그러나 문제는 중국과 한국간의 학제 차이와 한국 학교 내부적인 문제에 있다.

보통 초등학교나 중학교의 경우 학교관계자 분들과 얘기를 잘하면 다시 들어가기가 쉬운 반면, 고등학교는 상당히 어렵다 (지방의 실업계 학교나 대안학교의 경우 입학이 조금 수월하다).

중국은 9월 학기가 신학기이다. 즉, 중학교 1학년 남학생이

1학년 과정을 마치고 유학을 갔다면 중국 학교에는 3월 학기에 입학을 하게 된다. 이럴 경우 중국에서 이 학생의 학년은 중학교 2학년에 입학을 하는 것이 아니라 중학교 1학년 2학기로 3월에 다시 입학을 하게 된다. 즉, 중국 학교의 학기 시작 기간이 한국 학교보다 한 학기 늦게 시작한다고 보면 된다.

그렇다면 그 남학생이 만일 중국에 3월 학기로 갔다가 적응을 못하고 국내에 7월경에 돌아왔다고 가정하면 당연히 학부모와 학생은 '한국 학교에 9월에 입학을 하면 되지'라고 쉽게 생각하는 경향이 있는데, 실상은 9월 입학이 어렵다. 다시 말해서 중학교 2학년 2학기에 들어가려면 중학교 2학년 1학기를 마친 기록이 있어야 하는데, 중국에서는 중학교 1학년 2학기 수업을 한 번 더 들었을 뿐 중학교 2학년 과정은 전혀 듣지 않았기 때문이다.

또한, 이와 관련하여 학교관계자들의 말을 들어보면 두 가지 이유를 들을 수 있다.

하나는 신학기 시작이 다르고 학교제도도 틀리기 때문에 이럴 경우에는 그 다음해 3월에 다시 입학해야 하며, 만약 입학에 문제가 없더라도 한국 학교 내 학생 인원의 결원이 있어야 입학이 가능하다. 즉, 전학생이나 자퇴생 등의 결원 인원이 생겨야 입학이 가능하다는 것이다. 그래서 재원 수가 부족한 지방 실업계, 인문계 고등학교나 입학 조건이 까다롭지 않은 대안학교로 입학하는 경우가 많다.

학생이 그 다음해 3월에 입학을 한다면 그 학생은 고등학교를 마칠 때까지 자신보다 한 살 어린 학생들과 지내야 하는데, 사실 이 문제는 보통 어려운 일이 아니다. 그래서 학생들은 대부분 검정고시를 준비하게 되는데 그 기간동안 다른 많은 문제가 생기기도 한다.

그러므로 '중국 조기유학은 양날의 검'이라는 사실을 인지하고, 좀 더 신중히 유학을 결정해야 한다는 점을 다시 한번 더 강조하는 것이다.

한국 학생은 '봉'이다
■■ 귀족 한국 유학생

앞서 서술한 바와 같이 대부분의 일반 중국인들은 북경에서 취약한 근로조건 속에서 일을 하고 있다. 대개 이런 중국인들은 좀 더 나은 생활을 위해 고향을 떠나 어려서부터 북경이나 중국 내 주요 도시에 와서 여러 가지 일들을 하는데, 그들이 하는 일들은 다양하다. 아파트 엘리베이터 버튼 누르는 안내원, 아파트 입구 단속원, 헬스장 같은 회관 안내원, 식당 복무원, 마사지사, 노래방 종업원, 음식배달원 등이다. 대부분 이들의 한 달 월급은 500위엔(한화로 66,000원) 정도이다.

그런 중국인들이 보기에 한국 유학생은 선망의 대상이자, 중요한 고객이 된다.

식당이나 노래방에 들어가면 거의 모든 종업원들이 90도 가까운 인사를 하며, 매우 친절하게 대해준다. 처음에는 유학생들도 많이 어색해 하는데, 시간이 지날수록 그것을 너무나 당연하게 받아들이게 된다.

필자가 우려하는 것은 두 가지다. 이러한 한국 유학생들이 갖는 중국인들에 대한 태도문제와 어린 나이에 돈에 대한 값어치를 너무 쉽게 생각한다는 것이다.

대개의 한국 학생들은 중국을 우리나라보다 못사는 나라 즉, 후진국으로 이해하는 경우가 많다. 이는 어른들처럼 중국의 성장 가능성에 대해서는 보지 못하고 오직 중국 학교 주변의 낙후된 시설만 보기 때문이다.

중국의 모 학교에서는 한국 학생들이 중국 친구와 아예 교제를 못하도록 제도적으로 만들어 놓고 있다. 이유인즉, 안 좋은 한국 학생들의 태도에 순진한 중국 학생들까지 물든다고 생각해서 중국 학생과의 교제 자체를 차단한다는 것이다.

일반적으로 북경지역에서 한국 유학생들이 한 달에 쓰는 돈이 1,000위엔에서 많게는 2,000위엔 정도이다. 부모 입장에서는 자식이 타국에서 힘들게 공부하고 있는데 주말에 맛있는 것도 사먹고 스트레스도 풀라고 주는 돈이지만, 그것이 오히려 학생을 망치게 하는 결과를 만들기도 한다.

북경의 물가가 중국에서 가장 비싸다고 하지만, 먹을 것 특히 과일 같은 경우는 한국보다 맛도 좋고 가격도 보통 1/3 가까이 싸다. 쇼핑을 해도 한국보다는 몇 배 싼 가격에 물건들을 구입할 수 있다. 다시 말해서 용돈이 조금 적어도 생활하는 데는 아무런 어려움이 없다는 것이다. 대개 유학생들은 그 돈을 가지고, 노래방이나 만화방, 한국 음식점, 당구장 등을 가장 많이 간다. 어쩌면 학부모들은 많은 돈을 주면서 그런 곳에 가서 돈을 쓰라고 부추기는 결과로 변질될 수도 있다는 점을 명심해야 한다.

모름지기 유학이라 하면 힘들게 아르바이트해서 용돈도 벌고 혹 나이가 어려 아르바이트를 못할 경우라도 부모님이 보내주신 생활비를 아껴 쓰면서 늦게까지 학업에 열중하고, 주말에는 현지 친구들과 어울리면서 회화연습을 하는 모습 등을 생각할 수 있다. 그러나 지금의 중국유학은 부모님께 전화 한 통화하면 언제든지 필요한 돈을 받아 쓸 수 있고, 현지 학생들보다는 한국 학생들과 편하게 어울리거나 물건 값도 싸다보니 한국보다도 돈 쓰기도 좋다. 학생들의 이러한 생활모습을 보면 말 그대로 '귀족유학'을 하는 것은 아닌가 하는 생각이 든다.

중국 사람들이 한국 유학생들을 볼 때 '한국 유학생들은 봉
이다' 가 아닌, '열심히 공부하러 온 학생들이다' 라고 비춰졌으
면 하는 바람이 있다.

09

마음만 먹으면 뭐든지 구할 수 있는 나라, 중국

학부모들은 대부분 자녀가 중국에만 가면 주변의 모든 환경들이 한국과 다른 중국생활을 통해 현지모습 등을 직접 보고 들으면서 체험할 거라 생각하는 것이 일반적이다.

그러나 앞서 서술한 바와 같이 실제로는 중국 안에서 '한국 학생들만의 유학문화'가 뿌리박혀있는 것이 현실이다. 즉, 한국 학생들이 중국문화에 다가가기보다는 그동안 익숙했던 한국문화 속에서 계속 중국유학을 하고 있는 경우가 많다는 것이다.

몇 가지 예를 들어보겠다. 그 전에 한 가지 학부모들에게 질문을 던져 본다.

"한국 중·고등학생들이 중국에서 오토바이를 구입해서 운전을 할 수 있겠습니까?"

대부분의 학부모는 "아니오"라고 대답할 것이다. 그러나 답은 "가능합니다"이다. 중국은 돈만 있으면 누구나 손쉽게(며칠 안에) 오토바이를 구입할 수 있다. 그것도 중국에 몇 개월 있어 본 한국 유학생들이라면 누구나 할 수 있는 방법이다.

그 중 한 방법은 한국 유학생들이 자주 들어가는 모 인터넷 사이트에서의 '장터구매' 다. 이 사이트의 경우 여러 가지 좋은 유학 자료들도 많이 있지만, 직거래 장터(신품이나 중고물품 등)라 하여 적당한 금액만 내면 얼마든지 중국 내에서도 물건을 사고 팔 수 있다고 한다. 심지어 오토바이까지도 이 곳에서 구매가 가능하다는 것이다.

솔직히 물건 구매가 큰 문제가 되는 것은 아니다. 문제는 한국 중·고생들이 중국에서 오토바이 운전을 한다는 것에 있다. 즉, 그들이 운전을 한다면 말 그대로 무면허로 운전을 하는 것인데 만일 사고라도 날 경우엔 실로 엄청난 법적 문제로 발전되기 때문이다.

중국에서 오래 생활한 사람들은 '돈만 있으면 안 되는 일도, 구하지 못하는 것도 없는 나라' 가 바로 중국이라고 한다. 그러

기에 중국 조기유학생들의 주중·주말 생활관리 또한 매우 중요
하다고 하겠다.

10

'나 홀로 유학' 여학생은
며느리로도 안 받는다

최근의 중국 출장에서 우다코(五道口)지역의 한 학부모에게서 재미있는 말을 들은 적이 있다.

보통 중국에 온 학부모들 중 3년 이상 거주하는 사람들이 하는 농담 중에 이런 말이 있다.

"'나 홀로 유학' 여학생은 며느리로도 안 받는다!"

이것이 무슨 뜻인가 하면 중국에 혼자 유학을 온 여학생들 중에 우다코지역이나 왕징(望京)지역에서 아파트를 얻어 혼자 생활하는 경우가 있는데, 그 행태가 너무 보기 안 좋아서 아들

이 있는 집에서는 그 여학생들을 절대로 며느리로 안 받겠다는
말이다.

혼자서 열심히 유학생활을 하고 있는 여학생들도 다수 있는
것은 사실이지만, 그 외의 상당수의 여학생들이 자취를 하면서
많은 문제를 안고 있는 것도 분명한 사실이다.

우다코 주변지역을 중심으로 많은 대학생들이 아파트를 얻
어 룸메이트나 원룸을 이용, 개인생활을 한다. 그런데 문제는
그 학생들 중 상당수의 남·여학생들이 동거 또는 합숙을 하고
있는 것이다. 학부모들이 방문을 하더라도 미리 연락을 하고 방
문하기 때문에 모든 증거(?)는 사전에 감춰진다. 따라서 학부모
의 입장에서는 자녀들이 그저 홀로 열심히 유학하는 학생으로
만 비춰진다는 것이다.

필자는 개인적으로 여학생들끼리 자취하는 학생을 방문하는
부모가 있다면, 아무런 연락 없이 밤늦게 집에 한번 찾아가 보기
를 바란다.

그러나 요즘의 가장 큰 문제는 중국 조기유학을 하고 있는
중·고등학교 여학생들도 우다코지역이나 왕징지역에서 아파트
를 얻어 홀로 또는 2명이 생활하는 경향이 점차 늘고 있다.

얼마나 자신의 자녀들을 믿는지는 모르겠으나, 중국 조기유

학을 하고 있는 여학생들의 자취문제만큼은 학부모들이 다시 한 번 생각해 보았으면 한다. 중국에 거주하는 많은 한국인 학부모들은 '중·고등학교 여학생들끼리 방을 얻어주는 것은 자기 자식을 내다버리는 것과 같다'고 한결같이 말한다.

여학생들끼리 아파트에서 홀로 생활하기에는 너무 위험하고 유혹이 많은 곳이 바로 중국이라는 사실을 절대 잊어서는 안 된다.

Part 2

현 중국 조기유학의 문제점

현재 중국의 조기유학은
중국학교 내의
'국제부'라는
중국 대학 입학을 위한
입시학원에
보내는 것과 같다

01

중국 학교의 문제점

공산주의 사고방식의 학생관리

중국은 공산국가다. 그 말은 아직까지는 모든 것이 한국과는 많이 다르다는 것이다.

특히, 문화와 생활방식이 다른 중국의 사고방식으로는 현재 한국 학생들의 행동과 사고에 대해 이해하지 못하는 부분이 많음을 알 수 있다. 그 예로 중국 학교 '국제부' 선생님들의 학생관리를 들 수 있는데, 대개 중국 학교 국제부를 담당하는 선생님은 한족이거나 조선족인 경우가 많다. 또한 이들은 한국 유학생들을 관리하면서 보아왔던 이해할 수 없는 많은 부분들로 인해

중국 학생들_중국에서의 학교 체육대회. 중국 학교들은 1년에 한번 가을체육대회를 우리나라의
전국체전에 비교될 정도로 성황리에 한다.

한국 유학생에게 어떠한 문제가 생기면 그 원인은 전혀 고려하
지 않고 "그럼 그렇지 뭐"라는 식으로 학생들을 쉽게 판단하고
결론짓는 경우가 많다.

조금 더 구체적으로 예를 들어보면 중국의 어느 학교에서 있
었던 일이다. 3월 14일 밸런타인데이 때 한국 남·여 학생들이 서
로 초콜릿을 주고받았다. 그러자 그 다음날 학교 국제부에서 초
콜릿을 서로 주고받은 학생을 퇴학시킨다고 후견인을 부르게 되
었다. 이유인즉, 다른 사항보다 교내 이성교제에 대해서는 아주
민감하게 생각하는 중국 학교에서 남·여 학생들이 서로 좋아한

다며 선물을 교환하고 고백하는 모습이 문제가 되었던 것이다.

이러한 학교 규칙에 대해 중국 학생들은 당연하게 여기고 있으나, 아직까지 한국 학생들은 많은 부분에 있어서 불합리하다고 생각하고 있는 것이다. 그런데 이렇게 생각하는 한국 학생들을 중국 학교에서는, 한국 학생들은 학교 규칙에 대해 늘 불만을 갖고 있다는 오해를 받기도 한다.

한국의 문화를 이해해 주는 몇몇 중국 학교들은 이러한 상황을 빚은 학생들에게 가벼운 처벌을 하거나 주의를 주는 반면, 대부분의 학교들은 아직까지 학생관리에 있어서 아주 엄격하다는 사실을 잘 알아야 한다.

중국 학생들과 친구요? 불가능해요

대부분의 학부모들은 자녀가 중국유학을 가면 가까운 시일 안에 중국 학생들과 함께 수업하고, 중국 학생들과 어울려 지낼 것이라 예상한다. 지극히 당연한 것이다. 그러나 실제로 중국에서는 그런 모습들을 찾아보기가 매우 힘들다. 안타까운 모습이긴 하나 아마도 이러한 유학은 중국밖에 없을지도 모르겠다.

중국 학생들과 사귀는 것이 불가능한 이유는 여러 가지가 있지만, 다음과 같이 몇 가지로 요약할 수 있다.

첫째, 한국 학생의 중국 학교 적응력 부족

중국 학생들과 한국 유학생들이 어울리기 위해서는 학교에서 현지 학생들과 어울릴 수 있는 프로그램을 만들어 줘야 한다. 그래서 몇몇 학교에서는 중국 학생들과 한국 유학생들이 함께 어울릴 수 있도록 여러 가지 프로그램을 시도해 봤으나, 대부분 지속적으로 이뤄지는 경우는 거의 없다고 한다. 필자 역시 중국 학생들과 한국 유학생들을 묶어서 '학습도우미' 라는 명칭으로 1대 1로 친구를 만들어 준 일도 있고, 축구시합, 서클활동 등 여러 가지를 시도해 보았다. 그러나 거의 성과가 없었다.

어렸을 때 일찍 중국에 와서 중국 학생들과 차반을 한 학생들은 가능할지 모르겠지만, 대부분의 한국 유학생들이 유학을 오는 중 2~고 1의 경우 중국인 학생들과 차반을 해서 친구를 만든다는 것은 정말 힘든 일이다. 생각 같아서는 이것저것 서로 묻고 답하면서 서로 친해질 수 있다고 생각되지만, 언어의 장벽이 우선 큰 문제다. 그 다음으로는 학급 내 적응도이다. 알다시피 한국에서도 이 정도 나이에 전학을 가서 전학 간 학교 학급 친구들과 친하게 지내면서 생활한다는 것 역시 생각보다 그리 쉬운 일이 아니다. 하물며 중국에서 공부하는 학생들에게는 역시나 더 어려운 일일수도 있다.

또한 어렵게 중국 학생들과 차반을 했다할지라도 교사들은 대부분 한국 유학생들에게 무관심한 태도로 일관한다. 그래서 차반을 했다할지라도 얼마 못가서 다시 국제부 학력반으로 돌아오는 경우가 있다.

둘째, 학력반 수업의 문제

한국 유학생이 중국 학교에서 받는 수업과정은 한어반(또는 한보반), 학력반, 차반(중국 학생과의 합반)으로 나눌 수가 있다. 한어반을 쉽게 말하자면 랭귀지 과정 즉, 중국어 기초언어를 배우는 과정으로 보통 6개월에서 1년 정도를 공부하게 된다. 이후 HSK급수가 있거나 학교에서 정한 차반시험을 통과하게 되면 중국인반으로 차반을 하게 되고, 그렇지 못한 학생의 경우는 학력반에서 약간은 다른 학년 교과를 가지고 수업을 받게 된다(학력반은 거의 대부분이 한국 학생들이다). 학력반의 경우 차반과 같은 학년이라 할지라도 한국 학생들과의 수업이라서 진도가 중국 학생들보다 약간 늦은 편이다. 그러다보니 수업을 따라가기에는 차반보다 학력반이 훨씬 수월하다는 장점이 있다.

그러나 한어반을 마친 후 차반에 못 가는 학생들을 위한 반이 있는 것도 좋지만, 문제는 대부분의 한국 유학생들은 중국 학생들과의 차반 경험이 없이 국제부에서 졸업하는 것이 대부분이기에 문제가 된다.

셋째, 학생 자신의 문제

중국에도 영어의 TOEIC, TOEFL처럼 외국인들의 중국어 능력을 평가하는 시험이 있는데, 이것이 HSK시험이다. HSK는 '한어수평고시(漢語水平考試)'의 약자이며, 급수는 1급에서 11급까지이고 11급이 가장 높은 급수이다. 보통 많은 중국 학교들이 중등부는 HSK 3급, 고등부는 HSK 5급을 차반의 기준으로 삼고 있으며, 중국에서 3급은 6개월 내지 1년 정도 공부하면 가능하고, 5급 정도는 1년에서 1년 6개월 정도 공부하면 가능하다고 보면 된다.

그러나 문제는 설사 HSK 8급이 있다할지라도 중국 학생들과 함께 수업을 듣는 것은 매우 어려운 일이라는 점이다. 이유인즉, 대부분의 중국 학교들이 HSK 등급을 차반 기준으로 삼는 경우가 많아서 학생들은 HSK시험 위주의 공부를 할 수밖에 없기 때문이다. 즉, HSK공부는 말 그대로 시험을 대비하는 공부이지 학교수업을 따라가는 데 있어 필요한 어휘나 회화부분과는 거리가 있다는 뜻이다.

초등학생들은 6개월 정도 한어반에서 중국어도 배우고 개인과외로 보충까지 받으면 얼마든지 중국 학생들과 함께 수업(차반)을 받을 수 있다. 그런 반면에 중·고등부 학생들은 차반을 한다고 해도 중국 학생 수준의 회화 실력을 갖추지 못한 한국 유학생들에게 있어 차반수업은 실로 많이 힘들다.

하지만 중국유학의 목적이 비록 꼴등을 하더라도 중국 학생들과 더불어 생활하고 공부하는 것이라면 본인이 설사 반에서 바보가 될 지라도 죽기 살기로 따라가야 한다. 그런데 그런 의지를 갖고 있는 한국 유학생은 극히 드물다. 몇 주 해보다가 엎드려 자던지 한국 학생들끼리 수업시간에 대화하고, 다시 학력반으로 돌아오는 것이 대부분이다.

넷째, 중국 학생들의 오해

몇 년 전까지만 해도 한국 유학생들은 중국 학생들에게는 호기심의 대상이기도 했고, 잘 사는 나라에서 온 부유한 학생들로 비춰졌다. 그러나 요즘 들어 기존 한국 유학생들의 행동에 여러 가지 문제가 있다보니 인식 자체가 한국 유학생들은 공부는 안하고 수업에 방해가 되는 존재로 여겨지는 경향이다.

대부분 명문 중국 학교에서 중국 학생들은 정말 열심히 공부한다. 아마 한국에 과학고나 외고 이상으로 열심히 한다고 생각하면 된다. 중국 학생들의 학부모들 또한, 교육열에 있어서만큼은 한국 부모들보다 높으면 높았지 절대로 낮지 않다. 한 중국 학교에서는 중국인 반에 한국 유학생들이 차반을 하자 자녀의 공부에 방해가 된다면서 중국 학부모들이 학교에 쫓아와 항의를 한 적도 있다.

위의 내용들을 비춰볼 때 중국 학생과의 차반수업은 결코 쉽지가 않다. 1~2년 정도 중국어를 배운 학생이 중국 학생들과 함께 중국 역사, 정치, 수학, 영어 등을 공부한다고 할 때 한국 학생들 개개인의 똑똑함을 떠나 그 수업을 따라가는 한국 유학생들은 실로 어려운 일이 아닐 수 없다. 그러나 중국 조기유학을 성공하기 바란다면 이러한 어려운 부분을 감안하고 하루 빨리 중국인과의 차반수업을 하는 것이 가장 바람직하다는 것을 결코 잊어서는 안 된다.

대입 준비는 입시학원에서(?)

중국에 대해 잘 모르는 학부모님들은 입시학원이라고 하면, 한국에만 있는 것으로 생각한다.

하지만 북경에는 아주 유명한 입시학원들 뿐만 아니라, 작은 학원 교습소들이 즐비하게 있다. 이 학원 원장들을 만나보아도 다들 교육열의를 갖고 한국 유학생들을 위해 성심성의껏 열심히 지도하고 있음을 볼 수 있다. 문제는 학원에 있는 것이 아니라, 중국 학교들 중 고 3학생들의 대입 준비를 입시학원에 일임하는 경우가 아주 많다는 것에 있다.

한국 유학생들이 중국 대학에 입학할 경우, 중국 학생들은 예전의 본고사처럼 9~10과목을 개별로 시험을 본다. 그러나 한국 학생들은 현지 학생과는 달리 외국인 특별전형으로 대학에 입학할 수 있다. 즉, 북경대 · 청화대 · 인민대 그 외 우수대학들은 학과에 따라 4~7과목 정도로 시험을 본다(아직까지 많은 중국 대학들의 중문과나 대외한어과는 HSK급수와 간단한 인터뷰만으로도 입학이 가능하다).

그러나 문제는 고 3 학생들의 입시 준비를 학교에서 하지 않고, 말 그대로 학교도 아닌 제3의 장소에서 교육하거나 아예 입시학원으로 보내는 데 있다는 것이다. 이유인즉, '보다 나은 학생들의 실력 향상을 위해서'라고는 하지만, 대개는 소수인원을 가지고 각 대학별로 각 학과에 맞춰서 대입 준비를 해 주기가 학교 형편상 너무 어렵기 때문이다.

필자는 절대 입시학원에 대해 부정적으로 말하는 것이 아니다. 입시학원의 경우 매년 바뀌는 중국 입시에 대한 정보뿐만 아니라 대부분의 강사들이 명문대학 입학에 대한 노하우가 있기에 어쩌면 입시학원에서 공부하는 것이 대학에 입학하기에는 더 유리할지도 모른다.

하지만 중국유학을 가서 많은 중국 학교에서 고 3 학생들을
위한 대입 대비반이 전혀 운영이 되지 않아 외부로 학생을 보내
야 한다는 현실이 아쉬울 따름이다.

한국인이 운영하는 중국 학교

중국의 많은 학교들 중에는 중국 학교 외에도 한국인이 직접
학교를 세우고 이사장과 교장 직분으로서 한국 학생들을 교육시
키거나, 아예 중국 학교의 국제부를 한국 유학업체가 맡아서 교
육하는 경우도 있다.

그러한 학교들 중에는 한국 학생들을 우수하게 관리하여 좋
은 평판을 얻고 있는 학교들도 있고, 그렇지 못하고 한국 유학생
들에게 많은 피해를 주는 학교들도 있다.

중국 학생과는 너무나 다른 문화 속에서 자란 한국 유학생들
의 학습 및 생활관리를 위해서라면 어쩌면 중국인보다도 한국인
이 관리하거나 운영하는 학교가 더 적합할지도 모른다.

다만, 중국유학의 목적이 중국 대학 입학에만 있는 것이 아
니라, 중국인과 어울려 생활하면서 문화와 언어를 이해하고 습
득하는 것이라면 교육환경을 중국인들 속에서 생활해보는 것을

권하고 싶다. 비록 중국인 선생님이 중국식 사고방식으로 직접 한국 유학생을 지도하는 것이 한국 학생들에게 반감을 살 수도 있겠지만, 의외로 학생들에게 있어 중국인의 생각과 습성 등을 느낄 수 있는 좋은 기회가 되기도 할 것이다.

실례로, 학생을 미국유학 보내면서 미국 현지에서 한국식 사고와 한국적 교육시스템으로 공부하고 관리한다면 과연 몇몇의 부모들이 아이를 그 곳에 유학시키겠는가….

단, 모든 교육환경을 중국 학교에 100% 의존하는 것은 문제가 많다. 유학생의 관리경험이 부족한 학교에 입학하는 것은 차라리 보내지 않는 것이 나을 수 있기 때문이다.

필자가 강조하고 싶은 것은 중국이라는 곳에서 가장 중국다운 것을 배우고 가는 것이 중국유학을 온 학생과 학부모의 목적이 되었으면 하는 생각이다.

학교 기숙사의 문제

중국에 유학 온 학생들은 대부분 학교 기숙사 내지 홈스테이에서 생활한다고 보면 된다. 대신 부모와 함께 오지 않았을 경우를 말하는 것이다. 물론 학생들이 학교 기숙사나 홈스테이 생활에 잘 적응하고 열심히 생활하는 경우도 많이 있으나, 아래에 소개되는 내용은 필자가 학생들을 관리하면서 직접 보고 들은 내용들을 담은 것이다.

학교 기숙사의 경우 기본이 되는 학교 규칙이 있는 것이 아니라 학교마다 다른 내부규정들이 있음을 알아야 한다. 어떤 학교는 밤 11시가 되면 스탠드도 켜지 못하게 하고, 무조건 소등하는 학교가 있는가하면, 화재의 위험성이 있다며 겨울에도 전기장판을 사용하지 못하게 하는 학교도 있다. 학생들을 관리하는 사감선생님도 대개 한족 아니면 조선족인데, 어떤 분은 너무 지나치게 한국 학생들에 대해 편견을 가지고 있어 강압적으로만 학생들을 대하는 분두 있고 또 어떤 분은 "너들 알아서 해"라는 식으로 전혀 신경을 안 쓰는 분도 있다.

심지어 주중마다 다른 학생들의 방을 오가며 게임을 하고, 노래를 부르고, 주말에는 노름까지 하게 방관하는 학교도 있음을 주의해야 한다. 이럴 경우 아무리 학생이 모범적이라 해도 좋은 학업 분위기를 만든다는 것은 여간 힘든 일이 아니다. 학생들에게 있어 학교 기숙사의 가장 큰 문제는 역시 잘못된 행동들에 물들여지기가 쉽다는데 있다고 하겠다.

어떤 환경에서든 본인이 하기 나름이기도 하지만 유학을 처음 온 학생이나 친구 사귀기를 좋아하는 학생들의 경우 학교 기숙사 선택이 매우 중요하다는 것을 강조하고 싶다.

국내 중국유학원의 문제점

필자도 중국유학원에서 오랫동안 근무했으며, 앞으로도 그럴 것이다. 이런 사실을 먼저 꺼낸 이유는 어쩌면 제 얼굴에 침 뱉는 것일지는 모르나, 필자도 반성하고 다같이 더 잘하자는 취지에서 조심스럽게 꺼내본다.

첫째, 국내 중국유학원의 기본적인 마인드의 문제다.

대개 중국 조기유학을 전문으로 하는 유학원들은 서울에 많이 집중되어 있다. 정말 양심적으로 학생을 위해 열심히 일하는 원장들도 많이 있지만, 약간은 상업적인 수단으로 학생들을 이용하려는 곳도 적지 않다. 물론 사업이기에 이윤을 남겨야 하는 것은 당연하지만, 중심 자체가 학생을 위해서 움직여야 하는데 그렇지 못한 곳도 있다는 것이다.

예전에 한 중국유학원 원장과 얘기를 한 적이 있는데 그 원장의 이런 말이 생각난다.

"중국 조기유학을 가는 한국 학생들 대부분은 문제 있는 학생들이 가는 거 아닙니까? 학교생활에 적응 못하거나, 공부를 못하거나…."

중국유학을 가는 학생들 대부분이 학업성적이 부족한 것은 사실이다. 하지만 필자 생각은 중국으로의 조기유학은 학생에게 있어 하나의 도전이며, 기회라는 사실이다. 중국유학을 온 학생들을 물건으로 생각할 때 완성품이 아닌 완성품을 만들기 위한 기초 재료라고 생각한다면 지금 당장 남들보다 뒤쳐져 있다고 해서 앞으로의 미래에 대해 그 누구도 쉽게 장담할 수는 없는 일이다.

선입견을 가지고 학생들을 평가하는 것보다는 학부모의 마음으로 학생들을 얼마만큼 관리할 수 있는지에 더 힘을 써야 할 것이다.

둘째, 상담자들이 관리경험자가 아닌 단순한 중국유학파인 경우가 많다.

유학원 상담자들의 경우 대개 유학경험은 있으나 현지 학생

관리의 경험이 없는 사람들이 많다. 그렇기 때문에 중국 대학이나 유학생활에 대해서는 상당히 많은 것을 알고 있다고 볼 수 있으나, 중국유학을 보내고 학생을 관리하는 부분에서는 부족함이 많다. 즉, 학생을 관리할 때는 생각과 성격 등이 다양한 학생들을 중국 혹은 한국에서 관리해 본 경험이 가장 중요하다.

모든 조기유학 중에서도 특히 중국 조기유학에 있어서 관리 경험은 학생 개인에 맞는 관리나 오랜 시간동안 다양한 학생들과 학부모들을 만나보지 않고는 절대로 생길 수 없다고 단언할 수 있다. 이러한 경험은 유학생활에 있어 학생들의 바른 길잡이 역할을 해 줄 수 있기 때문이다.

단순한 책이나 인터넷으로 얻은 정보 또는 개인의 유학 경험담으로는 각자 다른 환경에서 자란 청소년들을 관리함에 있어 많은 시행착오를 가져올 수밖에 없는 것이다.

셋째, 처음의 말과 다를 때가 있다.

우리 속담에 '화장실 갈 때와 나올 때가 다르다' 는 말처럼 처음 상담할 때는 뭐든지 다 가능하고 당장이라도 중국유학이 성공할 것처럼 말하지만, 일단 학생을 중국에 보낸 다음부터 관리는 뒷전인 곳이 있다. 성심성의껏 열심히 하는 곳도 많이 있지만, 그렇지 않은 곳도 있음을 말하고 싶은 것이다. 처음과는 다르게 학기 중 여러 가지 이유를 붙여서 유학비용이 늘어나거나,

전학을 할 때마다 추가비용을 받는 것도 그에 속한다고 하겠다.

　　넷째, 유학원의 홈페이지를 경계하기 바란다.

　대개 홈페이지의 글들은 말 그대로 하나의 정보로 끝나야 한다. 많은 자료를 담고 있다고 해서 그 유학원이 최고일 거라는 생각은 버리기 바란다. 다시 강조하지만, 중국 조기유학의 성공에 있어 많은 자료나 정보도 물론 중요하지만 그보다 체계적이고 잘 짜여진 즉, 노하우가 있는 학생관리 또는 학습관리가 더욱 더 중요하다는 것이다. 그것도 다양한 학교에서 다양한 학생관리를 해 본 유학원이 좋다고 할 수 있겠다.

　그런 노하우는 표현하는 것보다는 유학원에서 관리하고 있는 학생들이나 학부모들을 직접 만나보는 것이 가장 정확할 것이다.

03

중국 홈스테이의 문제점

보통 학생들이 학교 기숙사에 있기 싫거나 혹은 주말만 밖에서 생활하기를 원한 경우 가장 많이 하는 것이 홈스테이다. 홈스테이는 학교 주변보다는 왕징이나 우다코지역에서 많이 하고 있으며, 대부분 몇몇의 경우를 제외하고는 성실하고 자상한 사람들이 많이 있다. 중국에서의 홈스테이는 한국인 가정에 아이를 맡겨서 부모처럼 학생들의 등하교를 지도해 주는 것이 일반적인 경우인데, 여기에서도 많은 문제점이 발생한다.

중국에서 필자가 홈스테이 실태를 알아보다가 가장 놀란 경우는 한 달에 약 80만원 정도를 받으면서 한 집에 학생들 10명을 데리고 있는 집을 본 적이 있다. 그것도 남·여 학생이 같이 말이다. 그런데도 학부모들은 그런 사실조차 제대로 모르고 있었다.

이와 같은 경우는 상당히 드문 경우지만, 다음과 같은 문제점들은 가장 중요하게 생각해봐야 할 문제가 아닐까 싶다.

첫째, 홈스테이에서 학생들을 관리해 주는 사람들은 교육 전문가가 아니라는 것이다. 즉, 이들 역시 보통 학부모들이지 낯선 환경에서 다양한 한국 학생들을 전문적으로 관리해 본 경험이 없는 사람들이라는 것이다. 물론 교육은 학교에서 하는 것이지만, 학생의 방과 후 생활지도나 학습관리 또는 주말관리가 유학생활에 있어 얼마나 중요하냐는 것은 앞에서도 여러 번 강조한 바 있다. 때문에 단순히 유학생활의 학생관리를 등·하교지도 또는 좋은 식사와 빨래 등의 생활관리만을 원한 것이라면 상관없지만, 그 외의 학습관리 및 중국 대학 입학과 좀 더 나아가 학생의 비전을 위한 것이라면 조기유학에서의 학습관리가 얼마나 중요한지는 두말할 필요가 없을 것이다.

둘째, 중국 학교에서 보기에는 단순한 학부모일 뿐이다.
한국 유학생들이 학교에서 문제를 일으켰거나 더 좋은 학습환경을 만들기 위해 학교에 건의할 사항이 있다고 하자. 이럴 경우 학생을 대신해서 홈스테이에 있는 사람이 학교에 가서 여러 가지 사항에 대해 조리 있게 설명해야 하는데, 그렇게 중국어가 유창한 사람들은 거의 없다. 또한 학교 입장에서 보더라도 그들이 제시하는 사항들은 단순한 학부모들의 건의사항이지 그 이상으로 생각하지 않는다는 것이다.

셋째, 홈스테이하는 사람들의 내부문제다.

대개의 경우 공부를 열심히 하지 않는 학생들에게 학습을 열심히 할 수 있는 분위기로 만들어 주자면 끊임없는 상담과 매일 학습시간표대로 학생을 관리해줘야 한다. 한국 유학생들을 관리하자면 상당부분 강압적인 태도가 필요하다. 그러나 대부분의 홈스테이에서 관리하는 사람들은 그러지 못한다. 바로 홈스테이 학생들이 관리자 가정에 큰 경제적 도움이 되기 때문이다. 꼭 경제적인 목적만으로 이 일을 하는 것은 아니나, 경제적인 부분을 무시할 수 없는 사항도 홈스테이를 하는 결정적인 이유이기도 하다. 그러기에 학생들에게 강압적인 태도가 아닌 타이르기가 일쑤이며, 심지어 어떤 학생들은 그것을 역이용하기도 한다.

어쩌면 중국 조기유학은 처음 한 학기가 가장 중요하다고 볼 수 있는데, 그 시기에 홈스테이에서 너무나 자유롭게 유학생활을 시작하는 것은 학습부분에 있어서도 결코 좋은 시작이라 볼 수는 없겠다.

O4

중국 대학 입학과 졸업의 문제점

중국에는 이루 말 할 수 없는 수많은 대학들이 있으며, 그 안에는 또 세부적으로 많은 우수한 학과들이 있다. 앞서 설명한 바와 같이 무조건 청화대, 북경대, 인민대만이 최고가 아니라는 것이다. 그러나 한국에서는 위의 세 학교에 입학만 하면 중국유학은 성공한 것처럼 생각하는 경향이 크다.

입학시험이 있는 우수학교들을 제외하고는 별도의 입학시험 없이 HSK 급수만으로도 입학이 가능한 학교가 많다. 또한 중국 대학교는 한국 대학교와는 달리 '입학은 쉽게, 졸업은 어렵게' 하는 경우가 보통이다. 그렇기에 일부 학생들과 학부모는 일단 입학한 후에 정신 차리고 열심히 공부하면 졸업하지 않겠냐고 생각하겠지만, 문제는 입학한 후 1~2년 안에 발생한다는 것이다.

한 통계에 따르면 **현재 외국 유학생의 중국 대학 졸업비율이 30%가 채 되지 않는다**고 한다.

다시 설명하면 중국유학생들의 실력이 학교의 졸업기준(논문이나 졸업시험, 각 과목 학점 등)에도 미치지 못해 졸업장이 아닌 수료증을 받는 경우가 많다는 것이다.

북경대 유학생들의 예를 들어봐도 예전에는 학생들이 우수한 성적으로 입학을 해도 강의시간에 노트필기도 제대로 하지 못하는 경우가 많았다는 것이다.

또한 중국 대학생들은 한국 유학생들과의 교류가 중·고등학교 학생들보다도 더 없기 때문에 학업에 도움을 받는 것은 더 어렵다.

북경대에서 공부하는 학생들이 이정도인데 다른 중국 대학교에서 공부하는 유학생들은 어떻겠는가. 결국에는 70% 가까운 유학생들이 졸업도 못하거나 2학년 안에 자퇴하는 경우가 생기는 것이다(단, 대외한어과나 중어중문과는 제외).

이러한 가장 큰 이유는 중국유학생들이 중·고등학교 시절 중국 학생들 속에서 합반을 해보지 않아 중국 학생들과 어울리는 것이나 수업을 따라가기 위한 노트필기 또는 숙제 등의 경험 없이 맹목적으로 중국 대학 입학에만 맞추어 교육을 받아왔기 때문이다.

물론 일부 어려운 여건 가운데 열심히 공부하는 많은 유학생들도 있지만, 대부분의 유학생들은 이와 같은 환경에 처해 있다고 보면 된다.

그러나 다행인 것은 현재 유학생들의 실력은 예전과 달리 많이 우수해져서 중국 대학교에 우수한 실력으로 입학을 하고 또한 학교생활도 잘 하고 있어, 이후로는 훨씬 많은 학생들이 우수한 성적으로 졸업할 예정이라고 한다.

Part 3

그러나, 방법은 있다

■■ 중국 조기유학을 결정했다면 이것만은 알고 시작해라!

중국의 중점학교는
중국 학생들의
중점학교이지
한국 유학생의
중점학교가 아니다

01

중국유학의 필요성

중국 조기유학과정은 영어권 나라보다 유학비용이 저렴할 뿐만 아니라, 세계 각 나라에서 중국과의 국제적인 교류가 활발해 짐에 따라 그 중요성이 날로 높아져만 가고 있다.

중국 조기유학은 예전부터 중국어를 빨리 습득할 수 있다는 점, 저렴한 학비, 학교 기숙사 제도의 정착, 중국의 장래성 등의 이유로 학부모들이 많은 관심을 보이고 있다.

그러나 그동안 중국 학생들과의 합반 수업이 아닌 한국 유학생들끼리의 중국어수업, 주말관리의 실패 등 수많은 문제점을 내포하고 있어 학부모들이 중국 학교 및 유학원 선택시 많은 어려움을 겪고 있었다.

이러한 문제점에도 불구하고 많은 학부모들과 학생들이 아직까지 유학 장소로 '중국'을 많이 생각하고 있다는 것은 현재가 아닌 미래를 내다본 결정이라 생각된다.

현재 많은 국내·외 경제전문가들이 미래의 국내 현실에 대해 실업인구나 경제적인 이유를 들어 어둡게 판단하고 있다. 이러한 상황에서 국내 기업에서 해외진출을 시도한 나라 중 중국에 진출한 한국 기업은 3만개 정도(2004년)로 추산하고 있으며, 국내 대기업들도 제2공장 및 회사 본사를 중국으로 이전하는 계획을 추진 중에 있다고 한다.

이러한 환경 속에서 자녀의 미래를 위한 다른 대안으로 떠오르는 것이 바로 '중국으로의 조기유학'인 것이다.

물론 중국유학이 인생을 결정하는 전부는 아니지만 굳이 그 가치를 따진다면, 암울한 국내·외 취업현실 속에서 유학을 통한 현지생활과 그로 인한 경험 그리고 언어능력은 개인의 가치를 높이는 결정적인 부분이 될 수 있기 때문이다.

어느 문서에 따르면 지금까지 중국에 약 3만 5,000여 개의 한국 기업과 190여 개의 다국적 기업이 중국에 진출해 있다고 한다. 그 안에서 가장 필요한 것은 두 말할 나위 없이 '준비된 글로벌 인재'이며 이런 수요에 가장 적합한 학생들 또한 바로 한국 학생들이다. 지금부터라도 열심히 준비하면 세계무대의 주인공이 될 자격은 충분히 마련할 수 있다.

결국, 앞으로의 미래는 '실력제일주의'가 될 것이기 때문이다.

02

중국 조기유학의 시기

필자가 유학설명회나 박람회에서 상담을 하다보면 가장 많이 듣는 질문 중 하나가 바로 "조기유학은 언제 가는 것이 가장 좋나요?"라는 질문이다.

여러 학년 학생들을 유학 보내고 관리해 본 필자 개인의 생각에서 말한다면 조기유학에 가장 좋은 시기는 중학교 1학년에서 중학교 2학년정도가 아닐까 싶다.

대부분의 경우 중학교를 마치고 유학 가는 학생들이 가장 많은데, 그것은 많은 사람들이 잘 몰라서 그러는 것이다. 일반적으로 유학생활을 하면서 중국어 기초를 마스터하는데 걸리는 기간이 1년에서 1년 반 정도로 보고 있다. 그런데 그럴 경우 고등학교 2학년 2학기부터는 중국 대학 대입 준비를 해야 함으로 결국 한어반과 학력반에서 고등학교 과정을 모두 마치고, 중국 학생들과의 차반수업은 한번도 경험해 보지도 못한 채 대학에 진학해야 한다는 것이다.

또 초등학생의 경우를 보면 언어 습득의 속도가 굉장히 빠름을 볼 수 있다.

중국 초등부 음악수업_중국에서의 초등학생들은 우리나라와 별반 다르지 않다. 학교 방과 후에는 교문 앞에 초등학생 학부모들로 장사진을 이룬다.

필자가 초등학교 3학년 학생을 학습관리하면서 정말 놀란 것이, 언어를 받아들이는 속도가 중·고등학생에 비해 두 배나 빠름을 느낄 수 있었다.

물론 초등학교 학과수업이 쉬운 면도 있지만 중국 친구들과 손쉽게 사귀고 그 학생들과 어울려서 자연스럽게 공부하는 법을 배우는 것을 보면서 '조기유학은 빠르면 빠를수록 좋다'는 말이 실감날 정도였다. 필자 또한 초등학생의 조기유학이 학습면에서는 가장 좋다고 인정은 하지만, 그것은 학부모와 함께 중국에 와서 생활할 경우에 한해서 좋다는 것이다.

초등학생의 경우 아직은 부모 품에 있어야 할 나이이기도 하고, 아이의 정체성이 전혀 성립되지 않았는데 아이만 혼자 보내는 것은 너무나 위험한 일이다(아이의 성향이나 성격은 초등학교 때 많이 만들어진다는 책 내용이 생각난다).

그 문제의 실례로 타 유학원에서 초등학교 4학년 학생을 혼자 유학 보낸 적이 있는데 2년 동안 유학을 하면서 어학실력은 상당히 좋아졌으나 말과 행동에서 또래 학생들과 달라서 치료의 목적으로 다시 한국으로 돌아간 경우를 들은 적이 있다. 물론 모든 초등학생들이 혼자 유학갔다고 해서 앞의 학생처럼 똑같이 된다는 것은 아니나, 이러한 문제점도 있으니 초등학생 아이를 혼자 유학 보낼 때는 신중히 생각해 보기 바란다.

그러므로 필자는 학부모와 함께 중국에 가는 경우가 아니라면 초등학생 혼자 중국유학을 보내는 것은 다시 한번 생각해 보라고 권하고 싶다.

중학교 1학년이나 중학교 2학년의 경우에는 부모와 떨어져도 심리적으로 부담이 적고, 어학습득 속도 또한 고등학생들보다는 상당히 빠르다는 점을 알았으면 한다.

할 수만 있다면, 국내에서 초등학교를 마치거나 중학교 1학년 정도를 마치고 가는 것이 가장 좋지 않나 생각한다. 그럴 경우 보통 1년 동안 한어반과 학력반에서 기초를 마스터한다면 고등학생들에 비해 훨씬 쉽게 중국유학을 맛볼 수 있을 것이다.

03

중국 조기유학의 현실

2006년 7월 현재 기준으로 북경 시내에만 외국 유학생들을 받을 수 있는 즉, 비준을 받은 학교는 70여 개 정도로 추산하고 있다. 이를 북경을 포함한 중국 전역으로 본다면, 비준을 받은 학교는 추산하기도 어려울 정도로 많은 학교들이 외국 유학생들 유치에 열을 올리고 있다는 것이다. 이는 외국 유학생들에 대한 금전적인 효과를 기대하기 때문이다.

학비의 경우 북경지역이 가장 비싸며 지방으로 갈수록 북경의 절반 정도 또는 그 이하의 학비를 내는 학교들이 많이 있다 (학비의 경우 각 지방의 물가에 비례한다고 보면 된다).

그러나 학비가 가장 비쌈에도 불구하고 대다수의 조기유학생들이 북경에 모이는 이유는 여러 가지 장점이 있기 때문이며, 이는 표준어와 대학 입시 및 취업까지 생각하기 때문일 것이다.

우선 지역적인 설명보다는 중국으로 간 국내 조기유학생의 현실을 살펴보고자 한다.

현재 많은 유학전문가들은 국내 중국 조기유학 성공사례를 10명 중 1~2명도 채 안 되는 것으로 보고 있다.

이는 외국 유학생 특히, 한국 유학생에 대한 중국 학교의 경험 부족, 주말관리에 대한 이해 부족, 학부모들과 학생들의 유학 준비 부족 등을 이유로 꼽고 있다.

또한 중국 조기유학의 70~80% 정도는 국내의 중·하위권 학생들이 가는 경우가 많은 것도 주된 이유가 된다.

즉, 학습에 있어서 아직 스스로 공부할 수 있는 능력이 부족한 학생들이 중국유학을 가서 한국 유학생에 대한 관리경험이 부족한 중국 학교에서 교육을 받으며, 주말에 부모 없이 자유롭게 생활하면서 학생들 스스로가 올바르게 유학생활을 하지 못하고 있다는 것이 실패의 원인이 됨을 뜻한다.

이 가운데 유학을 가기 전 유학에 관련된 정보나 자료를 제

대로 알지 못하고 유학을 떠나 적응을 제대로 못하는 경우도 큰
문제다.

그러나 이러한 어려운 유학 현실 가운데에서도 중국 조기유
학은 많은 가치를 지닌다. 그 가치를 많은 학생들이 자신의 것으
로 만들기 위해 노력은 하지만, 실제로 자신의 것으로 만든 학생
은 너무나 적다.

결국 성공적인 유학이란 학생과 학부모 그리고 학생관리를
맡고 있는 학교와 유학원이 함께 만들어 가야 한다는 것이다.

04

중국 학교에서의 국제부 운영형태

현재 북경지역의 국제부 운영형태를 보면 다음과 같다.

- 중국인이 운영하는 형태
- 중국인과 조선족 또는 1~2명의 한국 직원이 있는 형태
- 한국 교육업체에서 국제부 운영을 책임지고 있는 형태

앞의 세 가지 모두 장·단점이 있지만, 학생 개개인의 성향이나 실력에 맞추어 학교를 고르는 것이 가장 중요하다.

예를 들어, 2~3년 이상 유학을 한 학생들은 중국인이 운영하는 형태의 우수한 중점학교에 입학을 해도 본인의 노력에 따라 수업 진도를 따라 갈 수 있으나, 준비가 부족한 학생이 그런

학교에 갔을 경우 수업 내용도 따라가지 못하지만 적응도 제대로 못해서 타 학교로 전학을 가는 경우가 많다. 이와 함께 각 학교마다 엄격한 교칙이나 학교 특성에도 차이가 있으므로, 현재 가고자하는 학교에 다니고 있는 학생이나 학부모들을 직접 만나보는 것도 좋은 방법 중 하나다.

아울러 중국유학의 가장 큰 문제점인 주말관리와 주거문제에 대해서도 생각해 봐야 한다.

유학생의 주거문제 역시 다른 기관에 위탁하는 것보다는 학부모와 함께 생활하는 것이 가장 좋다. 그러나 여건이 허락지 않을 경우 기숙사 시설이나 내부규칙 혹은 홈스테이의 가정 분위기와 경험 등을 꼼꼼히 따져봐야 할 것이다.

또한 학교를 고를 때도 학부모의 경우 한국인이 적은 학교나 국제학교에 많은 관심을 가지고 있지만, 이것 역시 자녀에게 적합한지 꼼꼼히 따져봐야 할 것이다. 그리고 중국 학생과의 합반(차반)이 자유로운지 중국 학생과 교류가 원만한지도 따져봐야 한다.

05

중국 학교 선택시 이것만은 알고 해라

중국유학에는 정답이 없다

필자가 그 동안 많은 학부모들을 만나보고, 중국 학교에서 국제부 선생님들과 토론도 해보고, 학생관리를 하면서 내린 결론은 '중국 조기유학에는 정답이 없다' 는 것이다. 한국 유학생에게 맞는 좋은 프로그램, 학습방법, 좋은 학교, 좋은 유학원이 있다고 하더라도 결국은 본인에게 안 맞으면 아무 소용이 없다는 것이다.

재미있는 것은 현재 중국에서 조기유학을 하고 있는 어떠한 학생들도 자신들의 학교에 100% 만족하고 있는 학생들은 없다는 사실이다. 그러기에 학기마다 본인에게 맞는 학교를 찾기 위해 전학을 하는지도 모르겠다.

결국 자신의 중국어 실력과 성향을 고려해 본인에게 맞는 학교를 찾아야 하는데, 이것 또한 원하는 학교를 직접 다녀보지 않고는 알 수 없는 것이다. 그러다보니 많은 유학생들이 '떠돌이'처럼 한 곳에 머물지 못하고, 이 학교 저 학교로 잦은 전학을 하는 것이다. 이 또한 많은 시간을 낭비하게 하는 요인이다.

이럴 때에는 전문 유학원의 객관적인 정보를 듣거나 외국인(주로 한국인) 학생관리의 경험이 많은 학교를 찾길 바란다. 또한 현재 학생의 실력을 고려해서 교육커리큘럼이 잘 되어 있는지도 확인해 봐야 한다.

예를 들어 영어를 잘하는 학생이나 영어권 나라에서 유학한 경험이 있는 학생은 국제학교를 생각해도 좋으며, 공부도 잘하고 성실하나 외향적으로 꾸미기를 좋아하는 학생은 그 부분의 규제가 약한 학교를 생각하고, 공부에만 전념하고 싶은 학생의 경우는 학습 레벨도 높고 수업량과 자습도 많이 시키는 학교로 옮기는 것이 좋다. 그러나 약간의 아쉬움이 있다면 이러한 정확한 정보를 얻을 수 있는 것은 아무리 유학원이라 하더라도 직접 발로 뛰고 눈으로 보지 않으면 알기 어렵다는 것이 현실이라는 것이다.

중국의 '중점학교'는 중국 학생들의 중점학교이지 한국 유학생의 중점학교가 아니다

중국의 학교는 크게 사립학교와 공립학교로 나뉘며, 이 중에서도 그 해당 지역에서 진학이나 성적, 학업관리 등의 우수성을 검증 받은 우수학교를 '중점학교' 라 한다.

중국의 중점학교란 중국국가교육위원회가 학교의 교학내용, 교학의 질과 교사진의 우수성, 명문학교 진학률, 교내기반시설 등 여러 항목에 걸쳐서 구체적으로 평가하고 그 중에 우수학교들에 한해 선발한 것을 일컫는 말이다. 초등·중학교는 의무교육이어서 중점학교라는 개념이 없지만, 시험을 보고 들어가야 하는 고등학교부터는 시와 구에서 중점학교를 지정해 관리를 하고 있다.

그러나 많은 학부모들이 알아야 할 사실 중 하나는 중국 학생들의 청화대, 북경대, 인민대 입학률이 높다고 해서 한국 유학생들에게 중점학교가 되는 것은 아니라는 것이다. 즉, 중점학교가 우수하다는 것은 중국 학생들의 우수학교이지, 한국 유학생들의 교육과 관리에 있어서 우수한 것과는 전혀 다르다고 봐야 한다. 한국 유학생들이 중국 대학 입학시 중국 학생들과는 별도로 유학생 특별전형에 의해 유학생들끼리 경쟁하는 것이기 때문에 중국 대학 입시 준비에도 중국 학생과는 많은 차이가 있다.

중국 학교 건물 _중국 학교의 경우 몇몇 사립학교들은 화려한 현대식 건물을 자랑한다.

그리고 중점학교라 하면 한국의 특목고(특수목적고) 정도의 수준을 갖춘 중국 학생들인데 그들과의 수업시 언어에서부터 차이가 나는 한국 유학생들은 수업을 따라가기조차 힘들다.

앞서 언급한 바와 같이 중국 학생의 학부모들 또한 교육열의가 대단하기 때문에, 한국 유학생들과 같이 수업을 듣는 것을 상당히 싫어한다.

따라서 질문이 "중국의 어느 중점학교 또는 국립학교가 좋냐?"가 아니라 "어느 학교가 한국 유학생들이 유학하기에 좋은지?"를 먼저 물어봐야 할 것이다.

정상적인 'X비자'가 발급되지 않는 학교도 간다?

필자가 왕징(望京)에 갔을 때 학생과 함께 온 학부모 중 '유학비자(X비자)'가 발급되지 않는 학교에 자녀를 입학시키는 것을 본 적이 있다. 즉, 유학비자가 발급되는 중국 학교는 해당 교육청에서 '이 학교는 외국 유학생을 받아도 좋다'라는 국제부 허가를 받은 학교들이다. 하지만 그러한 사실을 알면서도 중국에 살고 있는 한국 학부모들이 자녀를 허가도 받지 않는 학교에 보내는 이유는 두 가지다.

한 가지는 비용적인 문제 때문이다.

국제부 허가를 받지 않은 중국 학교는 한국 학생이 입학을 하더라도 중국 학생과 동일한 학비를 받는다. 원래 중국 학생과 외국 국제부 학생과의 학비 차이는 상당히 많이 난다. 그래서인지 금전적인 부분에서 조금 더 아낄 수 있는 이러한 학교에 학생을 입학시키는 경우도 있다.

다른 한 가지는 차반 욕심 때문이다.

국제부 비준을 받지 않은 학교는 외국 학생들을 교육할 수 있는 학교 커리큘럼이나 국제부 운영에 필요한 교사진이 없기 때문에 무조건 중국 학생과 차반을 할 수 있다.

언뜻 보면 학비도 저렴하고 차반도 할 수 있는 것처럼 보이지만, 이것 또한 다음과 같은 여러 가지 위험성을 내포하고 있다.

첫째, 국제부 비준을 받지 않은 학교의 경우 만약에 국내에 다시 돌아올 때 학력을 인정받지 못할 수도 있다.

둘째, 중학교까지는 이러한 국제부 비준을 받지 않은 무허가 학교에서도 공부할 수는 있으나, 고등학교는 꼭 국제부 비준을 받은 학교에 들어가야 한다. 그것은 중국 대학 입학 요강 자체에 국제부 비준을 받은 학교의 고등학교 졸업증명서를 요구하기 때문이다. 그러나 해마다 대학 입시의 기준이 바뀌는 것을 감안한다면, 국제부 학력인정 기준이 언제 고등학교에서 중학교로 내려갈지는 모르는 일이다.

물론 상당히 드문 경우이지만 비준을 받은 학교인 줄 알고 아이를 입학시켰다가 대학 원서접수 때가 되어서야 다녔던 학교가 비준을 받지 않은 학교임을 알아서 원서 자체도 접수하지 못했던 사례가 있음을 알기 바란다.

셋째, 국제부 운영경험이 전혀 없는 중국 학교에 그저 학비가 싸다는 이유로 자녀를 보내는 것은 위험천만한 일이다. 외국 유학생 관리 경험이 없는 선생님들 속에 무작정 맡긴다는 것도 문제지만, 학생 입장에서는 아무런 사전 준비 없이 무조건 중국 학생들과 똑같은 수업을 하루종일 듣는다면 유학 초기에 오히려 공부에 대한 흥미를 잃을 수도 있을 것이다. 중국 학생들과의 차반은 들어가기 전 많은 사전 준비가 필요함을 명심하였으면 한다.

결국은 마음가짐의 문제다

학교 선택시 해당 학교의 국제부 학력반 또는 차반에서의 학생들 수업태도 또한 너무나 중요하다. 맹모삼천지교(孟母三遷之敎)에서도 알 수 있듯이 면학 분위기와 주변 환경이 공부를 하는 학생에게 있어 얼마나 중요한지를 보여주고 있다.

어떤 중국 학교에서 있었던 일이다. 학생이 차반으로 갈 수 있는 실력이 되어서 학교에서 차반을 허락한 적이 있었는데, 갑자기 학생이 차반으로 가기 싫다고 하는 것이다. 이유인즉, 차반에서 공부하는 한국 학생들의 수업태도가 너무 좋지 않다는 것

이었다. 엎드려 자거나 딴짓하는 경우가 많아서 차라리 국제부
학력반에 남겠다는 것이었다.

중국 학교의 차반 기준을 보면 둘 중 하나다.
차반 기준을 아주 까다롭게 해서 들어가기 힘들게 하거나,
아예 일정 기준만 되면 무조건 차반을 시켜주는 경우다. 상당히
오랜 기간 동안 준비를 해서 들어간 경우에는 학생들 대부분이
열심히 따라가지만, 일정 기준이 되어 차반에 가게 되면 아무래
도 수업이 어렵다보니 수업시간에 딴 짓을 하는 경우가 있다.

중간 체조시간_중국은 일괄적으로 아침 체조시간이 있다. 전 학교가 똑같은 시간에 실시되며,
각 지역 학교별로 1년에 한번씩 체조경연대회를 하여 학교 표창을 하기도 한다.

그러므로 가고자 하는 학교 학생들의 수업태도가 어떤지 알아보는 것도 중요하지만, 그 전에 본인의 마음가짐이 가장 중요하다고 할 수 있을 것이다.

어차피 차반에 올라갔다면 몇 명의 한국 학생을 만나러 간 것이 아니라, 중국 학생들과 경쟁도 하고 우정과 친분을 쌓기 위한 것임을 알기 바란다.

어떤 학생의 경우에는 차반을 한 후 혼자 생활하기 싫어서 중국 학생들과 더 어울려서 공부하고, 방학 때는 친하게 지냈던 중국 학생 집에서 방학생활을 하는 예도 있다.

국제학교와 쌍어학교

중국 조기유학 상담시 가장 많이 물어보는 질문은 역시 '국제학교' 이다. 국제학교는 특히 강남권 학부모들과 중국 조기유학 설명회를 가질 때면 반드시 들어가는 내용이다.

국제학교란 말 그대로 외국 학교가 중국 내에서 허가를 받아 학생들에게 영어로 공부시키며, 영어권 학교의 졸업장을 주는 학교를 말한다.

한 자료에 의하면 현재 북경에 있는 국제학교는 미국, 영국,

싱가포르, 홍콩, 캐나다 등 30여 곳에 이른다고 한다. 상해나 각 지방까지 모두 합하면 상당수의 국제학교들이 중국에 있다는 것이다. 그러나 국제학교를 전문적으로 소개하는 유학원들은 마치 중국어와 영어를 한꺼번에 습득할 수 있는 것처럼 소개하고, 학부모들 또한 자녀에 대한 욕심으로 최대한 많은 언어를 한꺼번에 가르쳐 주고 싶어한다.

하지만 필자는 다음과 같은 이유로 중국에서의 국제학교 입학에 대해 다시 한번 생각해 보라고 권하고 싶다.

첫째, 까다로운 입학 기준

국제학교 입학 기준은 매우 까다롭다. 주재원 자녀이어야 함은 물론이며, 어떤 학교들은 원어민과 같은 수준의 어학실력을 갖고 있어야 입학이 가능하다. 인원 제한도 있어서 해당 인원이 차게 되면 다음 학기까지 기다려야 한다. 만약 국제학교의 입학이 쉽다면 다시 한번 학교에 대해 정확하게 알아보기 바란다.

둘째, 비싼 학비

대다수 학부모들이 중국이기에 국제학교 학비도 저렴할 거라 생각하지만, 학비는 대략 $20,000(연간)에 달한다. 사교육비까지 합친다면 일반 중산층 가정에서 부담하기에는 상당한 금액인 것이다. 그러나 이렇게 비싼 학비임에도 불구하고 학교 커리큘럼이나 수업내용은 비싼 학비에 비해 그다지 만족스럽지 못한 학교가 많다.

셋째, 국제학교의 내부적 문제

북경의 한 국제학교는 한국 학생의 입학 지원자가 너무 많아 몇 학기씩 기다려야 입학이 가능하며, 심지어 한국 학생들을 위해 제2분교까지 짓고 있는 실정이다. 그러나 문제는 국가별 분포를 엄격하게 구분하는 학교보다는 정원의 40~50% 이상이 한국 학생들인 경우도 많다는 것이다. 즉, 외국 학생들과 공부하는 것이 아니라 국제학교에 입학을 해서 한 반에서 많은 수의 한국 학생들과 같이 영어공부를 하고 있다는 것이다(중국인이 보기에 한국인은 분명 외국인이다).

넷째, 영어와 중국어의 병행학습의 문제

중국어와 영어를 동시에 하는 것은 너무나 힘들다.

어떤 언어학자에 의하면 중국어 하나만 제대로 배우려 해도 10년 가까이 공부를 해도 어렵다고 한다. 영어 또한 마찬가지일 것이다. 어쩌면 학부모의 욕심이 학생에게 더 혼란만 줄 수도 있다는 것을 명심하기 바란다.

21세기는 글로벌 시대이며 국제화 시대이기에, 영어는 필수

이지만 이런 경우 영어든 중국어든 완전 정복된 언어 한 가지
가 분명히 있어야 함을 명심하기 바란다. 물에 술탄 듯 술에 물
탄 듯한 중국어, 영어 실력은 국제 어디에서도 인정받지 못할
것이다.

다섯째, 중국유학의 진정한 의미

왜 중국에서 영어공부를 하는지를 다시 한번 돌이켜 생각해
보기 보란다.

왜 국제학교에 학생을 입학시켰냐고 물어보면 열이면 6~7
명의 학부모들은 영어권 나라보다는 학비가 저렴하기에, 또는
중국어와 영어를 동시에 배울 수 있는 장점 때문이라고 한다. 만
일 영어를 배우기 위함이 목적이라면 중국이 아닌 영어권 나라
에 유학 가기를 권한다. 유학이란 단순한 언어만 배우는 것이 아
닌 그 나라의 문화도 같이 배우는 것이기에 해당 국가에서 배우
는 것이 더 좋다고 생각되기 때문이다.

필자가 너무 국제학교에 대해 부정적인 측면만을 내세운 것
같으나 다른 교육전문가들도 중국에서의 국제학교에 대해 많은
부분에 있어 문제가 많다고 한다.

아울러 지방의 많은 학교들이 단순히 국제부 비준만 받아 놓
고, 마치 국제학교인양 말하는 학교들이 있기에 학부모들은 더

욱 조심하기 바란다. 학교 명이 국제학교라고 해서 한국 유학생들에게 국제적인 교육을 한다고 착각해서는 안 된다. 다만, 학생이 고등학교 또는 대학교를 영어권 나라로 갈 계획이고, 그것을 준비하는 데 초등학교나 중학교 때 중국에 와서 단순히 어학연수 개념으로 있고 싶다면, 그리고 영어권 나라에 가기 전까지만 국제학교에 있는 것이라면 큰 상관은 없을 것이다.

보통 쌍어학교라고 하면 말 그대로 중국어와 영어를 동시에 배우는 학교이다.

대개 외국 교육부와 해당 시의 교육청이 합작을 해서 설립하는 경우가 많으며, 일반 국제학교보다는 입학도 쉽고 학비도 저렴하다. 이런 쌍어학교 또한 중국 전역에 걸쳐 많은 수가 있다. 대학 또는 고등학교를 영어권 학교로 갈 계획이라면 오히려 국제학교보다 쌍어학교가 더 좋을지도 모른다.

Part 4

성공적인 유학을 위한 준비

중국에 조기유학을
가기 전
꼭 전문가에게
중국 조기유학
컨설팅을 받아라

01

중국에 유학 가기 전
꼭 중국 조기유학 전문가에게
교육 컨설팅을 받아라

중국유학을 준비하는 학생과 학부모들은 반드시 중국 조기유학 전문가에게 학생이 중국 조기유학을 갈 경우 예상되는 유학 시뮬레이션을 받아볼 필요가 있다. 필자 역시 상담하러 온 학생들에게 미약하지만 '중국 조기유학 처음부터 마칠 때까지' 대략의 시뮬레이션을 그려 준다.

예를 들어 중국어를 전혀 모르는 중학교 2학년 1학기를 마친 학생이 9월 학기 입학을 위해 상담을 받으러 왔다고 하면 필자는 다음과 같이 설명을 해줄 것이다.

1. 유학을 가기로 결정했다면, 가장 먼저 중국어학원이나 개인과 외 등 교육기관에서 중국어 입문에서 초급 정도의 기초과정을 미리 공부할 필요가 있다.

2. 중국 학교에 입학하게 되면 학생이 특별한 중국어 실력이 있지 않는 한 대개 한어반에 들어가게 되는데 중국의 경우 9월 학기가 신학기이므로 중학교 2학년 1학기 한어반으로 들어가게 될 것이다.

3. 그 학생이 열심히 했다면 한 학기 이후 그 다음해 3월에는 국제 학력반에 들어가게 될 것이고, 실력이 미흡하다면 다시 한번 한어반에서 한 학기 수업을 더 받을 것이다(특정학교에서는 바로 차반에 들어가기도 하지만, 개인적인 생각으로는 초등학생이 아닌 이상은 바로 차반에 들어가는 것이 꼭 좋다고만은 볼 수는 없다). 국제부 학력반에 들어가게 되면 중학교 2학년 2학기로 중국 학생들이 아닌 외국 학생(거의 한국 학생임)끼리 수업을 받게 된다. 학련반에서는 전 과목을 중학교 2학년 교과서로만 수업을 받는 것이 아니다. 학교에 따라서는 별도로 초등학교 어문교과서(국어)로 수업을 하거나 주요 과목들만 배우고 오후에 중국어 교육을 별도로 다시 받는 학교도 있다.

4. 국제부 학력반에 2학년 2학기 과정을 공부하면서 HSK시험도 함께 준비하게 된다. 대개 열심히 하는 학생들의 경우 1년 안에 HSK 3~4급 정도의 급수를 취득하는 것이 가능하다.

5. 중학교 2학년 2학기를 마칠 때까지 학력반에서 열심히 공부하고, HSK급수도 3~4급 정도가 있다면 중학교 3학년 1학기 때는 중국 학생들과의 차반수업을 받을 수 있게 된다(차반 시험을 보는 학교도 있으며, 시험과목은 중국어, 영어, 수학 정도이다).

6. 고등학교 2학년 1학기까지 차반을 한 학생들은 2학기 때에 차반을 한 학기 더할 것인지를 결정하게 된다. 대부분의 학교들이 고등학교 2학년 2학기 때부터 원하는 학교와 학과별로 입시를 준비하기 때문이다. 최소한 고등학교 2학년 2학기부터는 중국 대학을 위한 입시 대비에 들어가야 한다. 학교에서뿐만 아니라 많은 노하우를 가지고 있는 과외 및 학원 수업으로도 보충 받아야 한다.

7. 고등학교 3학년 2학기인 3월~5월에 주요 대학들의 원서접수와 입학시험을 보게 된다.

8. 중국 대학 입학으로 중국 조기유학과정은 마무리된다.

부족한 공부를 위해 개인 과외나 학원 수업은 필수이며, 보통 1년에 3회 정도 HSK시험을 보게 된다. 시험보기 2개월 전부터는 개인 과외를 해야 한다. 아울러 주말에는 유학생들을 위한 여러 가지 다양한 프로그램들을 준비해 주는 것이 좋다. 현재는 HSK시험을 보고 받은 급수는 2년간은 유효하다. 그러나 곧 1년으로 바뀐다는 말도 있다.

학교 또한 꼭 한 학교만을 고집할 필요는 없다. 가장 중요한 것은 학생의 중국생활의 적응이며, 그 다음은 중국어 실력이기에 그것에 맞추어서 학교를 선택하는 것이 더 바람직하다는 것이다.

필자는 상담을 할 때 학생들의 레벨에 맞추어서 학교를 설명해 주고 있다.

예를 들어, 처음 유학을 갔을 때에 적응하기 좋은 학교, 같은 중점학교 중에서도 학비가 저렴한 학교, 초등학교 교육이 잘 되어 있는 학교, 차반관리가 우수한 학교, 국제부 학력반 관리가 좋은 학교, 중등부 관리가 좋은 학교, 고등부 관리가 좋은 학교, 고등학교 3학년 입시관리가 좋은 학교 등이다. 그리고 학생들의 성향이나 성품 또한 다양하게 생각해서 맞춤식으로 학교를 추천한다(학교에 입학한 후 만약 학생과 학교가 맞지 않는다면 바로 전학을 고려해야 한다).

끝으로 학생을 유학 보내기 전 학교 답사를 꼭 하라고 권하고 싶다.

'百聞而不如一見, 百見而不如一行'이라는 말이 있듯이 '백번 듣는 것이 한번 보는 것만 못하고 백번 보는 것이 한번 경험하는 것만 못하다'는 뜻이다.

중국 조기유학을 유학원에 전적으로 의뢰했더라도, 조기유학의 성공은 앞서 말한 것과 같이 중국 학교와 유학원 학생관리 담당자 그리고 학생과 학부모가 함께 만들어 가는 것이다. 그러기에 학생뿐만 아니라, 학부모들도 유학원 이상 가는 중국의 교육전문가가 되기를 희망한다.

또한 중국에 조기유학을 가기 전 자기 나이에 맞는 시뮬레이션을 그려놓고 간다면, 가기 전부터 학생도 어느 정도의 목표를 가지고 임할 수 있을 것이라 생각된다.

국내 유학원 상담시 유의사항

중국 조기유학원은 두 분류로 나눌 수 있다. 하나는 직접 직원들을 학교에 보내 국제부를 관리하는 경우이고, 또 하나는 단순히 입학에 필요한 서류접수만을 대행하고 필요에 따라서만 관리하는 경우이다.

학부모가 학생과 함께 생활하는 것이 가장 좋으나, 그렇지 못할 경우는 유학원에 학생을 위탁해야 하는데 그럴 경우 다음과 같은 사항을 꼭 체크해 보기 바란다.

첫째, 인터넷에 나와 있는 학교 소개와 자료들 그리고 직원 상담과의 내용에 2% 의심을 하자.

상당수의 유학원들은 홈페이지나 팸플릿에 신경을 많이 쓴다. 즉, 홈페이지와 팸플릿상의 내용만을 본다면, 이 유학원에서 유학을 해야만 유학 성공이 100% 가능한 것처럼 나와 있지만, 실제는 그렇지 않다. 홈페이지에 나타난 내용들은 듣기 좋은 얘기만 가득하고, 직원 상담 또한 장점만을 내세우기 때문에 한 발 뒤로 물러서서 객관적으로 살펴보는 것이 중요하다.

둘째, 유학원 선택시 그 유학원의 학부모들을 꼭 만나보자.

유학원에서 메인으로 삼고 있는 학교의 학생 또는 학부모들을 만나봐서 실제로 유학생들이 어떤 관리를 받고 있는지, 그 학교의 특성이 어떠한지에 대해 자세히 알아보고 또한 학교가 학생에게 맞는지를 꼼꼼히 따져 봐야 한다.

셋째, 유학생들의 일거수일투족을 학부모에게 전달할 수 있는 유학원을 찾아라.

학부모의 입장에서는 타국에 소중한 자녀를 맡겼다면, 하루하루가 걱정과 근심의 연속일 것이다. 그러한 가운데 아이의 건강문제나 학업문제는 가장 큰 걱정거리라고 할 수 있다.

넷째, 유학 중 학생들의 부족한 공부를 도와주는 유학원을
잡아라.

가장 올바른 중국유학의 교육이란 중국 학교에서의 교육을 중심
으로 하고, 학교 자습시간 또는 방과 후와 주말에 부족한 과목을
보충해 주는 것이다. 그러나 대부분의 중국 학교가 수업내용을
이해하지 못하는 학생에 대해서는 별도의 학습관리가 없는 경우
가 많다는 것이다. 학습관리를 하는 학교가 있다할지라도 관리에
부족함이 많다.

학부모가 함께 한다면 아무 문제가 없으나, 그렇지 않을 경우 학
교와 부모를 대신해서 상담하고, 관리하는 것은 유학원의 몫일
수밖에 없다. 학생 개개인의 학습관리에 대해서 어떤 방향을 제
시해 줄 수 있는지 유학원에 문의해야 할 것이며, 학생과 학부모
들에게 매년 변하고 있는 중국 대학 입시자료 부분까지도 따져봐
야 한다.

다섯째, 서류대행만 해주는 개인 유학원을 조심하라.

중국 조기유학의 경우 많은 유학원들이 중국 현지에서 학생들을
관리하는 일들이 힘들고 귀찮은 경우가 많아 단순히 입학수속만
해주는 경우가 많다. 이는 학생 개개인에게 책임있는 관리를 하
고, 관리의 결과를 학부모들에게 통보하는 일이 성인 유학에 비
해 너무나 많은 시간과 노력이 필요하기 때문이다. 다시 말해서
'잘해야 본전' 인 경우가 많기 때문이다.

이 경우 중국에 유학을 간 학생 관리는 전적으로 중국 학교가 맡아서 한다. 문제는 중국 학교에서 학생을 관리해 주는 것이 아니라 마치 유학원에서 학생들을 관리해주는 것처럼 교묘하게 학부모를 속여 비싼 유학비용을 요구하는 '개인 유학원들' 이 많이 있다는 것이다.

이들은 학생을 교육의 대상이 아닌 사업의 대상으로만 보기 때문에, 학교선정시 많은 이윤을 남길 수 있는 지방의 학교만을 소개하거나 사후관리에 대해서는 무관심한 경우가 대부분이다.

심지어 자신의 학생들을 중국에 보냈다가, 유학에 대한 아무런 지식도 없는 상태에서 사업으로 발전시키기 위해 학부모가 직접 유학원 사업에 뛰어드는 경우도 있다고 하니 참으로 답답한 노릇이다.

03

중국 학교 선택시 유의사항

중국 학교 선택시 다음 사항들을 꼭 미리 점검하기 바란다.

Q. 중국 학교에서의 유학생 관리는 어떠한가?

A. 무조건 한국 학생이 적은 곳이 절대로 좋은 게 아니다. 유학생
이 적다면 개성이 강한 한국 학생들의 관리 경험은 턱없이 부족
할 것이다. 그렇다고 유학생이 너무 많은 것도 객관적인 관리의
효율이 떨어진다. 따라서 학생 수보다는 그 학교의 국제부 학생
관리시스템을 먼저 보기 바란다.

Q. 학교의 지명도를 떠나서 그 학교가 내 자녀에게 맞는 학교인가?

A. 앞서 설명한 바와 같이 중국의 중점학교가 중국 학생들에게 우수학교지, 한국 유학생들에게 있어서도 우수학교는 아니라는 것이다. 즉, 중국 학교 모두 각각의 장단점이 있어 한국 유학생에게 맞는 학교인지가 중요하다. 필요한 학교 정보는 유학원이나 인터넷을 통해서도 얻을 수 있지만, 무조건 명문학교만을 고집하는 것이 아니라 현재 학생의 수준이나 성향을 봐서 가장 적합한 학교를 골라야 할 것이다.

Q. 중국 학생과의 차반(합반)이 용이한가?

A. 최소한 고등학교 2학년 1학기까지는 중국 학생과 차반수업을 하는 것이 가장 올바른 유학이라고 생각한다. 차반수업을 통한 중국 학생들과의 학습경험은 중국 대학생활에까지 큰 영향을 미치기 때문이다. 그러나 어떤 학교들은 외부적으론 차반수업이 가능하게 만들어 놓았으나 중국어 실력이 좋지 않은 한국 학생들이 오히려 중국 학생들의 수업 분위기를 망친다는 이유로 차반수업 자체를 막아 놓는 경우가 있다. 말 그대로 실력이 아주 우수한 유학생들만 차반이 가능하게 만든다는 것이다.

또한 언어란 현지인들과 부딪치면서 배울 때 학습효과가 매우 크다는 것은 누구나 다 아는 사실이다. 그러기에 중국어 실력이 좋은 학생들에게 있어서는 차반 기준이 조금 쉬운 학교를 찾는 것도 유학생활에서 꼭 생각해 봐야 할 사항 중 하나다.

Q. 중국 학생과의 교류를 학교에서 열린 마음으로 추진하는가?

A. 현재 중국 유학생 중 유학 1년 이상을 했음에도 불구하고 중국 학생들과 대화 한번 제대로 못해본 학생들이 허다하다. 심지어 어떤 학생들은 점심시간에 중국 학생들과 말 한마디한 것을 큰 자랑으로 여기기도 한다. 중국 학생과의 교류는 학생들에게만 맡겨서는 절대로 큰 효과를 보기 어렵다. 그럼으로 학교에서 다양한 방법으로 교류의 장을 만들어 줘야 한다. 아울러 중국 학생과의 교류가 아닌 중국 대학 입시만을 위한 중국 학교 내의 국제부라는 한국 입시학원에는 보내지 마라.

Q. 중국 대학 진학을 위한 대입 준비를 학교 쪽에서 어느 정도 투자하는가?

A. 대개의 중국 학교는 한 학년에 15~20여 명 내외로 반이 운영된다. 그러나 고등학교 3학년 대입 준비반의 경우 각 대학, 학과별로 반을 세밀하게 나누어야 하나, 학교에서 예산을 줄이기 위해 북경대 위주의 입시반을 운영하는 경우가 많다.

대입 준비를 하는 유학생 모두가 북경대만을 원하는 것은 아니라는 것이다. 그러기에 학교에서 학생들에게 얼마나 다양한 대입 정보와 준비를 시켜주는지, 한 반의 정원은 어떻게 되는지, 입시반을 담당하는 선생님은 어떤 분이며 학업관리는 어떻게 하는지 등을 꼼꼼히 살펴봐야 한다.

Q. 학교 기숙사 시설과 홈스테이 문제 그리고 주말관리 문제

A. 기숙사나 홈스테이의 선택과 방과 후 수업 그리고 주말관리는 유학의 성공을 좌우할 수도 있다. 특히 유학을 간지 얼마 되지 않은 학생들은 방과 후 어떻게 학습관리를 받았느냐에 따라 그 결과가 남들보다 몇 배의 차이가 나는 경우를 볼 수 있다. 특히 홈스테이의 경우 안 좋은 예가 많음으로 가정 분위기나 관리해주는 사람들의 인격 등을 정확하게 알아봐야 한다. 또한 가장 중요한 문제 중 하나인 학생의 주말관리는 철저히 체크해봐야 한다. 즉, 기숙사 또는 홈스테이에서 주말관리에 대한 규정이 어떠한지를 따져보기 바란다.

주말에 자유롭게 허용되는 외출이 자칫하다간 학생의 탈선을 부추기는 결과를 나을 수 있음을 명심하기 바란다.

Q. 가고자 하는 중국 학교 답사만은 꼭 하라.

A. 필자가 항상 중국 조기유학에 대한 상담을 하면서 당부하는 말 중 하나가 꼭 시간을 내어서 원하는 학교를 방문하라는 것이다. 실제로 상담을 하면서 또는 인터넷으로 학교 사진을 보면서 떠오르는 이미지와 실제로 가서 학교를 둘러보거나 국제부 선생님을 만나고, 또는 그 학교에 다니는 학생들을 만나본 후에 갖게 되는 이미지는 아주 많은 차이가 있다.

대다수의 학부모들이 너무나 바쁘기 때문에 시간을 내지 못하는 것도 이해는 하지만, 그렇다하더라도 꼭 시간을 내서 답사를 해보는 것이 많은 시행착오를 줄일 수 있을 것이다.

04

중국 학교 선택에서
결국은 '차반'이 정답,
그러나 '보충'은 더 중요하다

중국에 조기유학을 갔다면 결국은 목적도, 결과도 중국 학생과의 차반이다.

최대한 빠른 시일 안에 중국 학생과 차반을 하고, 차반수업에서도 어느 정도 수업을 따라갈 수 있느냐가 '중국 조기유학의 성공'이라고 표현할 수 있을 것이다.

그러나 차반수업만 한다고 해서 무조건 좋은 것은 아니다. 그 전에 어떠한 환경에서 차반 수업이 이뤄지는지가 매우 중요하다.

예를 들어 모 학교에서 중국 학생들을 4개 반으로 구분해서

1, 2반은 우열반, 3, 4반은 열등반으로 중국 학생들을 나눈 후, 외국 유학생들을 차반이라는 명분 하에 3, 4반으로 배정하는 경우가 있었다. 열등반에는 공부를 못하는 학생들만 있는 것이 아니라 품행이 방정치 못한 학생들도 다수 있었다는 것이다. 이러한 학생들과의 차반수업은 오히려 한국 학생들에게 안 좋은 영향을 미칠 수 있다.

또한, 차반 학생의 경우에도 매일 개인과외 또는 보충을 해주는 것이 좋다. 이유인즉, 중국어 실력이 월등히 우수하지 않다면 혼자서 자습만 해서는 절대로 차반수업을 따라 갈 수 없기 때문이다. 아울러 영어, 수학 또한 한 주에 2회 이상은 과외가 이루어져야 한다. 한국 유학생들이 가장 힘들어하는 과목 중 하나가 수학이다. 수학의 경우 중학교 때 기초를 다지지 않으면 고등학교에 가서는 손잡을 방법이 없다는 것이다. 결국은 수학의 포기라는 결과를 낳고 만다. 방학기간을 이용해서라도 꼭 영어, 수학은 기초를 잡아주기 바란다.

앞서 설명한 바와 같이 중국 조기유학과정에서 가장 성공적인 유학의 모습은 중국 학생과 차반수업을 해서 함께 경쟁하고 많은 중국인 친구들과 사귀며 주말에 함께 어울리는 것이라고 할 수 있다. 그리기 위해서는 본인의 의지도 정말 중요하고 꾸준

한 학습노력이 필요하다. 그럼으로 중국에 조기유학을 갔다면 꼭 중국 학생들과 차반수업을 받을 수 있도록 최선을 다했으면 좋겠다. 중·고등학교에서 중국 학생들과 경쟁을 해본 학생과 단순히 국제학력반에서 수업을 받고 졸업한 학생이 있다면 대학에 가서는 그 차이가 엄청나기 때문이다.

전학은 몇 번이고 상관없다

■■■ 아이의 실력에 맞는 학교를 찾는 것이 가장 중요하다.

대부분 중국 조기유학 중인 학생들은 유학을 마칠 때까지 2~3번 정도 전학을 하는 경우를 볼 수 있다. 국내에서의 잦은 전학은 학생에게 무슨 문제가 있는 것은 아닌가 하는 의문이나 오해를 받는 경우가 있으나, 중국 조기유학에서의 잦은 전학은 앞서 설명한 바와 같이 보다 좋은 학교에 혹은 본인에게 맞는 학교에 진학하기 위해 전학을 시도하는 경우가 많다는 것이다. 즉, 전학을 많이 하더라도 정상적인 학교로서 학력만 인정받는다면 큰 문제가 되지 않는다.

다만, 전학을 할 때마다 학교 적응기간이라는 것이 있기 때문에 이유 없는 전학은 시간낭비일 수밖에 없다. 또, 대개 학생들은 자기 학교보다는 남의 학교가 더 좋아 보이는 심성이 있다. 하지만 막상 중국에서 유학 중인 학생들에게 물어보면 100% 자기 학교에 만족하는 학생들은 거의 없는 것을 보게 된다.

필자가 말하는 전학이 몇 번이고 상관없다는 말은 다른 이유가 아니라, 자기 실력에 맞게 학교를 옮기는 것이 이유라면 괜찮다는 것이다.

중국 친구가 없다? 그렇다면 만들어라

필자가 생각하는 중국유학은 모든 생각과 언어를 중국인과 동일하게 하는 것이다. 즉, 중국 사람과 함께 생활하고, 대화하고, 같은 음식습관을 갖고, 중국 사람의 생각들을 함께 나누고, 놀이문화나 영화, 음악 등의 예술문화에 걸쳐 모든 문화를 체험하고 익숙해지기를 바라는 것이다. 단순히 어학을 잘 한다고 해서 중국을 다 알고 있다고 말한다면 이것 역시 '우물 안에 비춰진 하늘을 보면서 하늘을 다 봤다'고 하는 것과 같다.

95% 이상의 중국 조기유학생들은 이러한 문화를 중국인들과 함께 체험하는 것이 아니라 다시금 중국 안에서의 한국문화를 답습하고 있다는 것이다.

중국 학교수업

학교에서는 한국 친구들과 공부하고, 주말에는 한국 친구들과 어울려 다니고, 즐겨 찾는 식당은 한국 식당의 체인점만 가고, 버스나 지하철 같은 대중교통보다는 편안한 택시를 이용하고, 노래방을 가도 한국 노래만 부르는 것이 지금의 유학 현실인 것이다.

그 나라의 문화를 가장 빨리 배우는 방법은 중국 사람과 가능한 한 많은 시간을 어울리는 방법밖에는 없다. 그러나 지금의 중국 학교 시스템에서는 몇 개의 학교를 제외하고는 학교 제도적으로 중국 학생과 한국 학생과의 교류를 맺어주는 학교는 거의 없다.

필자 또한 여러 가지 방법으로 오랜 기간 동안 중국 학생과의 교류문제에 대해 생각해 봤으나 특별한 정답은 늘 나오지 않는다. 대신 한국 학생들이 차반수업을 한다면 좀 더 많은 친구들(또래 중국 학생들)과 여러 가지 생각을 나눌 수 있을 것이라는 답은 나온다.

컴퓨터 수업_중국의 수업시간은 우리와 별반 다르지 않다. 다만, 워낙 대입을 위한 경쟁이 치열하다 보니 대개의 중국 학생들은 우리나라 외고나 과학고 수준만큼의 공부를 한다.

그러나 차반수업을 받는 학생은 한국 유학생 중에서도 소수에 불과하다. 그 외의 유학생들의 경우 다음과 같은 방법이 있어 함께 나누고자 한다.

첫째, 가장 중요한 것은 적극적인 마음가짐의 문제다.

만약, 본인의 마음만 있다면 중국인 친구를 만들고 중국어 회화를 할 수 있는 기회는 주변에 널려 있다. 아파트 주변의 복무원, 시장의 판매원, 거리 상점의 직원, 학교 선생님 등 본인의 적극적인 마음만 있다면 중국인 친구를 만들 수 있는 기회는 얼마든지 있다는 것이다(필자는 중국인 차반에는 못 들어갔지만, 그 학교의 중국인 친구들을 많이 사귀어 놓은 유학생들을 종종 볼 수 있었다).

둘째, 중국에서 6개월~1년 정도의 생활을 한 기간을 가진 학생들이라면 중국인 과외선생님을 적극 활용하기 바란다.

현재 중국 대학의 1, 2학년 학생들을 개인 과외선생님으로 선정하여 주중 또는 토요일에 과외를 하고 주일을 이용하여 그 선생님과 중국 사람들이 자주 가는 장소나 놀이 문화를 함께 즐기게 하는 것이다. 또한 중국 대학의 한국어과 학생들과의 만남을 갖는 것도 좋은 방법 중 하나일 것이다.

셋째, 방학기간을 이용하여 3~4주 정도 중국인 친구 집에서 직접 홈스테이를 해보기 바란다.

그것이 여의치 않으면 유학원 등에서 도움을 받는 것도 좋다. 중국인과의 생활이 언어적인 불편함과 식습관의 차이로 분명 어려운 점이 많겠지만, 이 보다 더 좋은 중국 현장학습이 없음을 알기 바란다.

특히, 주말에는 모든 방법을 동원해서라도 한국인과의 만남을 가능한 한 멀리하고 중국인과의 만남을 갖는 데 조금 더 힘을 썼으면 한다.

유학 가기 전과 방학기간이
가장 중요할 수 있다

유학을 준비 중이라면 유학 가기 전 2~3개월이, 유학을 갔다면 여름 또는 겨울방학이 가장 중요한 시기라고 할 수 있겠다.

유학 가기 전 2~3개월 정도 미리 중국어 공부를 하고 간 학생과 그렇지 않은 학생의 차이는 중국 한어반 수업에 처음 들어가 보면 바로 알 수 있다. 중국어에 대해 아무것도 모르는 학생은 아무리 중국 학교에서 기초부터 배운다할지라도 많은 시간 동안 고생을 할 수밖에 없다.

실례로 필자가 관리했던 학생들 중 한 학생은 유학 오기 전 2 개월 정도 기초과정을 배우고 왔으며, 한 학생은 어차피 중국 학교에서 중국어를 처음부터 배운다는 생각에 아무것도 모른 채 유학을 왔던 경우가 있었다. 결론부터 말하자면 이 둘 사이의 학습 차이는 눈에 띄게 벌어짐을 볼 수 있었다. 즉, 똑같이 달리기를 할지라도 스타트 지점이 어디냐에 따라 결승점에 도달하는 시간과 힘들인 것은 분명 차이가 있다는 것이다.

그렇다고 선행학습이 무조건 좋다는 것은 아니다. 오히려 욕심을 앞세운 선행학습은 중국유학을 떠나기도 전에 중국어가 힘들고 어렵게만 느껴져서 흥미를 잃어버릴 수도 있기 때문이다. 필자가 말하는 선행학습의 정도는 중국어 기초과정을 말하며, 이 정도 중국어 실력이면 유학생활에 적응하기도 힘든 학생들에게 있어 학습에 대한 부담감을 조금이나마 줄여줄 수도 있고, 또는 아는 부분의 복습을 통해 학습의 자신감을 심어주는 효과도 맛볼 수 있기 때문이다.

대다수의 한국 유학생들이 방학기간에 고국에 오게 되면 생활 패턴이 10명 중 8, 9명은 거의 같다고 볼 수 있다. 아침에 늦게 일어나서, 친구들 만나 하루 종일 놀다가 밤늦게까지 인터넷을 한다. 물론 이 모습을 바라보는 부모의 마음은 처음에는 반가움으로 시작하여 나중에는 '너 중국 안 들어가니?' 로 바뀌게 된다. 약간 부모가 엄한 학생의 경우에는 학원을 다니거나 약간의 과외를 받는 학생도 있지만, 그 효과는 너무나 미비하다. 대개 한국에서 그런 생활 패턴을 가지고 있다가 다시 개학 후 중국에서 수업을 받을 시에는 상당수의 학생들이 수면부족뿐만 아니라 제대로 적응을 못해서 2~3주간 힘들어하는 것을 보게 된다.

그러므로 학부모들은 학생들의 방학을 단순히 쉬기 위함으로 생각하지 말고 다음 학기의 연장이라 생각해서 헛되이 보내지 않도록 신경을 써줘야 할 것이다.

경우에 따라서는 방학 2개월 동안 공부한 것이 다음 학기를 좌우할 수도 있기 때문이다.

좀 더 구체적으로 조언을 한다면 다음 학기에 배울 교과서를 미리 구입하여 최소한 어문(중국어), 영어, 수학만이라도 방학기간 동안 마스터하고 돌아가기를 바란다(다음 학기의 중국 교과서는 출판사만 알면 얼마든지 중국의 대형서점에서 구입할 수 있다).

어문(중국어)의 경우 최소 한 학기 배울 내용의 단어를 모두 암기해야 한다.

영어의 경우 중국 교과서는 문법 중심이므로 교과서 위주의 기초 문법을 완성하고 마찬가지로 미리 교과서에 나오는 단어들을 암기하기 바란다.

수학의 경우 기초가 무너지면 걷잡을 수 없이 성적이 떨어져 간혹 수학을 포기해 버리는 경우를 볼 수 있는데 그럴 경우 입학할 수 있는 대학과 학과까지도 많이 줄어들게 된다는 사실을 알았으면 한다. 즉, 수학을 안 보는 학교로 지원하기 위해 학과의 선택마저 바뀔 수 있다는 말이다.

그러므로 힘들더라도 방학기간 중에 짜임새 있게 시간표를 작성해서 주요 과목을 마스터한 학생들만이 다음 학기의 수업 전반에 대해서 고루 우수한 성적을 거둘 수 있을 것이다.

시중에 나와 있는 책 중 서울대 우수 졸업생이 집필한 자서전에서 공부에 가장 중요한 것은 본인의 끈기와 함께 철저한 시간관리 그리고 방학기간 동안의 학습 분량이 가장 중요하다고 말한 것을 본 적이 있다.

필자 또한 그와 마찬가지로 중국 유학생들도 방학기간 동안 지친 몸과 마음을 쉬게 하는 것도 물론 좋겠지만, 그 시간을 짜임새 있게 본인의 부족한 부분과 다음 학기를 대비하는 학습계획을 세워 실행한다면 훨씬 나은 중국 유학생활이 될 것이라 생각한다.

고등학교 졸업 후 진로에 대하여

중국 대학 입시의 경우 일반 중국 학생들과 외국 학생은 입학 기준 자체가 다르다.

중국 학생들은 매년 7월경에 실시하는 대학 수능시험을 보고 그 성적과 중국의 각 성마다 배정된 인원 수 그리고 입시 지원상황 등을 종합해서 입시를 준비한다(대학에서 원하는 각 성마다의 요구하는 수능 점수가 다른 대학도 있다).

그러나 외국 학생들의 경우는 외국인 특별전형이라 하여 몇 개의 과목에 대해서만 시험을 본다. 지난해까지만 해도 대다수의 대학들이 HSK시험 성적만을 가지고도 진학이 가능한 학교들이 많았으나, 점차 북경대, 청화대, 인민대와 같은 학교 내 입

학시험을 따로 보는 모집요강을 따르는 대학교들이 늘고 있다
(각 대학별 입시 자료는 책 마지막 부록 중국 주요 대학 입학자
료모음을 참조하기 바란다).

대부분 중국에 유학 와서 고등학교를 졸업하면 대체적으로
3가지 진로로 압축된다.

첫째, 중국 대학 입학

어쩌면 중국 조기유학을 온 이유도 결국은 중국 명문대학의
입학을 위한 것이 대다수일 것이다. 대다수의 학생들은 북경대
나 청화대, 인민대를 목표로 하지만, 실력이 되지 못하는 학생들
은 그 외의 대학으로 진학을 하게 된다. 처음에는 북경대, 청화
대의 입학시험에 맞추어서 공부를 하다가 3월부터 5월까지의
주요 대학 입학시험을 치루고 입학을 못하게 되면 일반 중국 대
학으로 입학을 하게 되는 것이다. 일반 입학시험을 준비하지 못
한 학생들은 HSK 급수만 가지고 학생을 뽑는 대학이나 학과를
골라서 가야 한다.

둘째, 영어권이나 일본 등 제3국으로의 유학

아직까지는 중국 대학 졸업을 제대로 한 경우도 드물고, 그
드문 경우에서 취업을 제대로 한 실적도 적기 때문에 고등학교

졸업 후 영어권 대학이나 일본 대학에 입학하는 경우가 있다. 물론 중국 대학의 2학년을 마치고 편입을 하는 경우도 많다. 그것 또한 좋은 방법 중 하나일 것이다.

셋째, 다시 한국으로 돌아오는 경우

앞에 설명한 바와 같이 아직은 중국 내에서의 취업이 어려우므로 다시 국내 대학에 지원하는 경우다. 그 전에 학부모들이 분명히 알아야 하는 부분은 중국 조기유학을 했기에 특별전형으로 대학 입학이 쉬울 거라는 생각을 버려야 한다는 것이다. 예전에는 유학생 특별전형이라는 것이 별도로 있었지만, 지금은 일부 지방대학을 제외하고는 '재외국민 특별전형'만을 인정하고 있다.

재외국민 특별전형이란 '주재원 자녀로서~'로 시작된다. 몇몇 대학의 재외국민 특별전형의 예를 들어보면, ① 연세대는 2008학년도부터 지원학생은 만 3년 이상 외국학교 재학, 부모는 1년 6개월 이상 해외 거주자에 한함, ② 고려대와 서강대는 고교과정 1년 포함 중·고교과정 연속 3년 이상, 비연속 4년 이상. 학부모의 최저 해외 체류기간 또한 지원학생의 재학기간의 절반 등으로 되어 있다(이후로는 입학 기준이 더 까다로워진다고 한다).

특별전형으로 입학이 어렵다면 일반전형으로 가야 하는데,

북경대학_ 중국 최고의 명문 대학으로, 캠퍼스 문을 가로지르는 데에만 약 한시간이 걸린다.

아무래도 국내 수능 준비를 하지 못한 유학생들에게 대학 진학
은 실로 어려움이 많다(필자가 알기에는 국내에 외국 고등학교
졸업자 또는 예정자들을 위한 특별전형 응시전문학원이 있다고
하나, 자세한 정보는 찾아보지 못하였다).

필자의 개인적인 생각이지만, 중국 조기유학을 시작했다면
목표는 중국 대학에 입학하는 것으로 잡았으면 한다.

지금 당장 중국 대학을 입학해야 하는 학생들은 졸업 후 취업이 쉽지만은 않지만, 중국 조기유학 때의 중국문화와 중국 대학에서 생활하면서 겪을 수 있는 중국문화는 많은 차이가 있기 때문이다. 아직은 청소년이기에 겪은 중국문화와 성인이 되어서 알 수 있는 중국문화에는 많은 시각의 차이도 있다는 것을 강조하고 싶은 것이다.

중국 대학 입학을 앞두고 있는 학생들에게 말하고 싶은 것은 '본인의 미래는 결국 본인하기 나름' 이라는 것이다. 아무리 취업이 어렵다고 해도 준비된 자라면 모든 현실을 이겨낼 수 있기 때문이다. 대학을 어디를 가느냐 하는 것도 중요하지만, 주어진 여건 속에서 최선을 다할 수 있는 유학생들이 되기를 바란다.

내년 여름에 출간될 예정인 필자의 두 번째 책인 《아무도 모르는 중국 대학 이야기 – 입학과 학교생활》(가제)에서는 중국 대학 입학을 준비하는 학생들을 위해 중국 주요 대학들의 세부 정보 등을 담을 예정이다. 중국 대학 입학을 위한 학생과 학부모들에게 조금이나마 도움이 되었으면 한다.

중국유학 후 진로선택에 대하여

필자가 여러 경로로 취업에 대한 것들을 알아보았지만, 현재 중국 현지 내의 취업은 결코 쉬운 일이 아니다. 중국 대기업들의 외국인 모집 인원이 많은 것도 아니고, 국내 대기업처럼 대우가 좋은 것도 아니다. 기존의 학생들은 다시금 국내로 돌아와서 취업을 생각하는 학생들이 대부분이라고 해도 과언이 아니다. 다시 말해 졸업 후 현지 중국 기업의 취업이 아닌 중국으로 진출한 한국 기업과 무역관련 쪽으로 진로를 정하는 경우를 많이 볼 수 있다.

그러나 지금의 중국 취업 현실이 어렵다고 해서 앞으로도 그렇다는 것은 절대로 아니다. 국내에서의 많은 기업들이 현재 또는 향후 몇 년 안에 중국 내 회사 설립과 기반을 만드는 데 주력하고 있다. 또한 많은 취업정보사이트를 보더라도 2008년 북경 올림픽을 전후로 많은 부분 중국 현지 내의 취업 기회가 생길 것이라 전망을 한다. 그 때가 되면, 국내 기업뿐만 아니라 외국계 기업들도 중국의 주요 도시로 진출하리라 예상된다.

그 시대는 중국 대학 졸업자들이 상당수 배출된 상태라, 그 때는 정말 실력 위주의 일명 '중국통'이 필요한 시기가 될 것이다. 그러므로 중국 유학생들도 가능하다면 중국어뿐만 아니라 영어 또는 일어 실력을 갖추기를 바란다.

아울러 글로벌 시대에서 믿을 수 있는 것은 오직 자기 자신만의 실력임을 잊지 말기를 바란다.

필자가 집필 중인 중국유학 시리즈 마지막 책인 제3권 《중국유학 후 취업 어디로 해야 하나?》(가제)에서는 현지 중국의 유명 대학 졸업생들을 기준으로 각 취업현황을 살펴보고, 중국 내에 들어와 있는 국내, 외국 기업들의 분포와 입사시 연봉·복지 등을 세밀하게 도표화할 예정이다.

중국 유학생 중 고급인력들에 대한 활용방안으로, 국내 주요 취업사이트와의 협력 방안과 함께 국내 대기업들이 원하는 중국 유학파들의 채용 기준을 현실적으로 반영하여 중국 대학 재학시

부터 국내·외 기업이 원하는 인재가 되기 위한 '맞춤식 취업 방
법' 등을 소개해 보려고 한다.

Part 5

책을 마치며

조기유학을 준비하는 여러분께 좋은 정보가 되었으면…

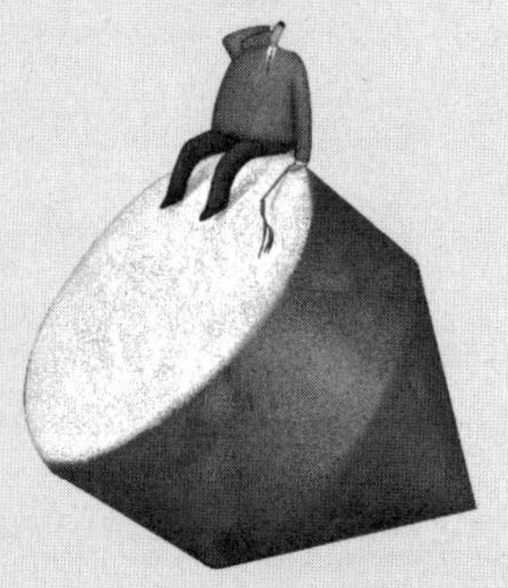

조기유학을 준비하는 여러분께
좋은 정보가 되었으면…

책의 내용을 돌이켜보면 너무나 부끄러운 마음뿐이다. 글을 쓰는 도중에도 필자보다 더 학식있고 경험 많은 분들이 많이 계신데, 그 가운데 글을 쓰려니 참 부족하다는 생각을 많이 하였다.

또한 중국 조기유학에 대한 좀 더 많은 설명을 하고 싶었는데 시간상의 제약과 함께 워낙 글재주가 부족한 본인이라서 그런지 지금도 머리 속에 있는 많은 이야기들을 모두 다 표현하지 못한 것 같아 가장 아쉽다.

짧은 글을 마치며 학생과 학부모, 유학원 관계자들에게 당부하고 싶은 것이 있어서 몇 가지 덧붙인다.

중국 조기유학을 준비하고 있는, 또는 이미 중국에서 유학을 하고 있는 학생 여러분!

미래는 준비하는 자들의 것입니다. 어떤 중국 학교에서라도, 그 어떤 환경에서라도 결국은 본인이 어떻게 하느냐에 따라 달라질 수 있다는 것입니다. 자신이 처한 위치에서 최선을 다하고, 그에 따라 발생하는 문제에 대해서는 부모님 또는 학교선생님, 유학원 선생님들과 함께 슬기롭게 대처해 나가시기 바랍니다. 지금의 힘든 순간순간들을 잘 이겨내면 가까운 미래에 좋은 결과로 나타날 것입니다.

중국 조기유학을 준비하고 있는, 또는 이미 중국에 유학을 간 학생을 둔 학부모님!

중국에서 유학하는 학생들과 함께 한 달만 생활해 봐도 학생들이 얼마나 힘들게 공부하고 생활하는지 아실 수 있을 겁니다.

"부모 입장이 아니니깐 그렇지"라고 생각하지 마시고, "아직 어리니깐 그렇지"라고 단정짓지 말아 주십시요. 그 전에 아이에게 있어 무엇이 최선인지, 왜 유학을 보냈는지를 먼저 생각해 주셨으면 합니다. 아울러 너무 학업적인 부분에만 집착하지 마시고 학생의 인성교육에도 신경을 써주셨으면 합니다.

끝으로 자녀를 믿으십시요. 부모님이 자신을 믿는다는 것을 아는 자녀는 절대 실패하지 않습니다.

현재 학생의 심리상태가 어떤지를 판단하여 가장 효과적인 유학생활의 방법을 찾았으면 하는 바람입니다. 학생들 눈에 학부모님의 모습이 용돈 주는 사람이 아니라 힘들 때 의논할 수 있는 대화의 상대가 되셨으면 합니다. 학생들과 대화하기 위해서 학부모님들께서 학생들 이상으로 중국에 대한 많은 정보를 갖고 계셨으면 합니다.

중국 조기유학을 담당하고 있는 유학원 관계자 여러분!
저 또한 유학원에 몸을 담고 있는 처지라 상당히 부끄럽기 짝이 없습니다. 너무나 부족한 글들이라 유학원 관계자 분들에게는 보여드리기에도 민망합니다. 저보다 더 훌륭한 교육자 분들도 있고, 더 많은 정보와 자료, 경험을 가지고 계신 분들도 많고, 학생들에게 너무나 자상한 선생님도 많이 계신데 제가 부족한 지식으로 제 방법만 옳은 것처럼 보여지지는 않았는지 걱정도 됩니다. 강조하고 싶은 것은 다름이 아니오라 저를 비롯하여 많은 조기유학 관계자 분들이 알고 계신 대로, 중국 조기유학은 다른 세계 각지의 조기유학과는 사뭇 다른 교육환경을 가지고 있다는 것을 아실 것입니다. 중국의 유학환경 자체가 부족한 것 투성이며, 성공적인 중국 조기유학의 모델을 찾기도 쉽지 않습니다. 그러나 거기에는 우리 학생들의 미래가 담겨있습니다. 그 학생들의 미래를 밝혀주는 것은 학생과 학부모님 그리고 유학원 관계자 분들이 한 마음이 된다면 얼마든지 가능하다고 봅니다.
아무쪼록 상담시부터 학생들이 중국 조기유학을 마칠 때까지 최선을 다하는 중국 조기유학원들의 모습이 되었으면 합니다.

북경대에서 필자

    마지막으로 너무나 부족한 글을 읽어주신 분들께 감사드리며, 이어서 출판하게 될 제2권 《아무도 모르는 중국 대학 이야기 – 입학과 학교생활》(가제), 제3권 《중국유학 후 취업 어디로 해야 하나?》(가제)에서는 좀 더 많은 학생들에게 유익한 정보가 될 수 있도록 다양한 정보와 자료를 담아낼 것을 약속한다. 아울러 책 내용에 추가했으면 하는 부분이 있다면 언제든지 필자에게 연락을 주기 바란다.

    미약한 글이지만 중국 조기유학을 준비하는 많은 학생, 학부모들에게 좋은 정보가 되었으면 하는 바람이다.

※ 작가와의 만남 또는 상담을 원하시는 분은 아래 홈페이지(http://www.haot.co.kr)에 글을 남겨주시거나 E-메일(haoteacher@hanmail.net)로 연락을 주시면 성심성의껏 상담해 드리겠습니다.

중국유학생 체험 수기

■■ 후배들에게 바라는 글

유학의 동기와 목적을 뚜렷이 하는 것이 중요합니다

■■ **신지아**(청화대 영문과 1학년)

중국유학 5년차, 이곳에서 고등학교를 졸업하고 대학을 입학하게 된 저로서는 중국유학에 대해서 할 말이 참 많아요. 하지만 중국유학에 있어서 가장 중요하다고 강조하고 싶은 것은 현실을 직시하는 것과 유학의 동기와 목적을 뚜렷이 하는 것이죠.

이 두 가지만 확실하게 해둔다면 중국유학만큼 비전있는 게 없다고 봐요.

중국이라는 나라가 세계의 주목을 받으며 성장하고 있는 나라이며, 다가오는 2008 올림픽 개최국이라는 것과 중국어가 영어 다음으로 중요시 여겨질 것이라는 것 등등, 앞으로 무한한 가능성이 있는 나라이기 때문이죠.

현실을 직시하는 것이 가장 중요한데, 그 이유는 중국유학이 그리 쉽지 않기 때문이에요.

어느 나라에 가서 유학을 하든 유학이라는 것 자체가 쉽지 않은 것이겠지만, 중국유학은 특히 더 그런 것 같네요.

일찍부터 유학생을 받은 호주, 캐나다, 미국 같은 경우 시스템 자체가 잘 되어있고, 그 시스템을 따라가다 보면 어느 정도의 학습량을 채울 수 있고 대학 또한 선택의 범위가 넓기에 그만큼 여지가 많다고들 하죠. 하지만 그런 나라들과 다르게 중국은 개방된 지 얼마 되지 않은지라 교육상 아직까지도 수많은 시행착오 중에 있는 것 같아요.

북경에 여러 고등학교들이 한국 유학생들을 받고 있지만 실질적으로 오랫동안 한국 유학생들을 지도하며 나름대로 노하우를 가지고 있는 학교는 손에 꼽을 수 있죠. 가장 중요한 건, 고등학교에서의 수업 내용만으로는 대학 입시를 준비하기 턱없이 부족하다는 것이에요. 그로 인해 생겨나는 것들이 대학 입시 준비를 위한 방과 후 과외나, 학원들이죠. 대학을 선택할 수 있는 범위가 상당히 좁기에 대부분의 학생들이 3~4군데의 대학으로 몰리죠. 하지만 대학의 정원 수는 그대로이고 유학생들은 점점 많아지는 추세라, 과외나 학원을 의지하지 않고는 대학 입시를 준비하기 힘들다고 볼 수 있어요. 대학 입시제도 또한 매년 바뀌고 있는 상황이라 미리미리 준비하고, 발 빠르게 움직여 정보를 알아내지 않으면 크게 손해 볼 수 있다는 것도 알려드리고 싶네요.

학습뿐만 아니라 생활면에서도 아직까지 미흡한 것이 중국이에요. 중국은 아직 청소년 보호법이 없기 때문에 한국에서 접할 수 없는 것들이 쉽게 노출되어 있다는 점이죠. 그게 잘 될 수 있는 기회가 되기도 하지만, 학생 신분으로서 얼마나 큰 유혹으로 다가오고, 그런 것들로 인해 유학생활이 흐트러질 기회가 되기도 한다는 사실을 잘 알아야 하죠. 그러기에 유학생 스스로 자기 자신을 절제하는 것이 얼마나 중요한지 깊이 새겨볼 일이에요.

이런 현실들을 얼마나 잘 받아들이고 자기 자신이 얼마나 이에 대해 준비가 되어 있느냐에 따라 유학의 성공과 실패가 달려 있다고 감히 말할 수 있어요.

실질적으로 이런 것들에 대해 불평만 하거나 혹은, 돌이킬 수 없는 것들에 빠져 유학에 실패하는 경우들이 많이 있어요. 특히 조기유학의 경우에는 더욱 그렇죠.

어느 정도 겁을 먹고, 어느 정도 자기 자신에 대해 엄해지는 것이 꼭 필요하다고 생각합니다.

두 번째로 중요한 게 목적의식이죠.

아무리 여기 현실을 잘 파악하고 적응이 되었다 해도 막상 자기 자신이 중국에 온 목적이 없고, 여기서 궁극적으로 무엇을 해야 할지 모르는 사람이라면 학습에도, 자기 생활에도 최선을 다할 수 없죠. 자기는 중국에 대해 별 관심이 없는데 부모님이 가라고 해서 어쩔 수 없이 온 경우가 그런 경우인 것 같아요. 이곳에 있는 게 나쁘진 않고 한국에서 생활하는 것보다 편한 것들이 많기에 그냥 있기는 하는 것인데 사실상 왜, 이곳에 있는지 자기 자신도 알지 못하는 경우예요.

그렇게 되면 대학 입시에서도 앞서 설명했던 것처럼 그리 쉬운 게 아닌지라 쉽게 지칠 수밖에 없고, 그렇게 여기 생활에 지치다보면 다른 것들에 또 많이 의지하게 되죠.

목적의식 없이 이곳에 온 학생들의 생활이 대부분 악순환이라는 걸 옆에서 많이 봐 왔기에 성공적인 유학생활을 위해서 자기가 뭘 원하는지 확실히 할 필요가 있다고 봐요.

목적의식만 확실하다면 그것을 이뤄가면서 성장할 수 있는 기회들이 참 많죠. 특히 중국에서는 스스로 움직이지 않고, 스스로 해결책을 찾지 않으면 안 되기 때문이에요.

마지막으로 하나 더 덧붙이자면 중국이라는 나라를 처음 접하면 좋아할 이유보다 싫어할 이유가 더 많은 나라일 수밖에 없어요. 저 자신도 처음에는 그랬고, 많은 사람들이 중국 그리고 중국인들에 대해 첫인상이 그다지 좋지는 않았죠.

하지만 중국에 관심을 가진다면 첫인상보다 훨씬 장점들이 많은 나라라는 걸 알 수 있을 거에요. 모든 것이 생각의 차이인 것 같아요. 특히 중국이라는 나라에서는….

어떤 일이든지 자기하기 나름이지만 중국유학은 더더욱 그런 것 같아요.

자기 나름대로의 포부를 가지고 중국이라는 나라에 관심을 갖고, 미리 잘 준비한다면 성공적인 유학생활이 될 수 있을 거예요.

지금도 중국유학을 하고 있는, 또는 중국유학을 준비 중인 모든 한국 학생들 파이팅!

오기와 인내심이 없으면
졸업을 보장받을 수 없다

■■ 김송연(북경대 역사과 4학년)

희망과 기대를 안고 중국 땅을 밟은 지 4년이 넘었다. 중국에서 생활한 짧지 않은 4년 4개월이란 시간은 내 인생의 전환점이자 많은 경험을 할 수 있게 된 시기라고 해도 과언이 아닐 듯싶다. 이제 북경대학교 역사과 4학년, 졸업과 동시에 취업을 준비해야 하는 입장에서 지난 잊지 못한 4년간의 중국 생활을 되짚어 보려 한다.

고등학교 졸업과 동시에 나는 기회의 땅 중국에 왔기에 도피유학이 아니냐는 오해를 가끔 받기도 한다. 이럴 때면 변명 아닌 변명을 해야 하기 때문에 난감하기 짝이 없다.

우선은 소위 말하는 얼굴에 철판을 깔고 이렇게 말한다.

"수능에도 실패하지 않았고, 학교 성적도 상위권이었어요. 내가 한국이 아닌 외국에서 공부하는 것은 내 자신에게 투자하는 것이고, 이 투자는 나에게 좋은 기회를 접하게 해 줄 거라 믿어요. 중국을 선택한 것은 아버지가 이곳에 계셨기 때문이고, 말 그대로 기회의 땅이라잖아요. 정말 큰 뜻이 있어서 온 거예요."

사실이지만, 이렇게 말하는 것은 보통 쑥스러운 일이 아니다. 나름대로 큰 뜻이 있어 왔으니 공부도 남들보다 몇 배는 해야 하는 것이 당연지사. 나의 제1의 과제는 중국말을 배우는 것이었다. 아침 8시부터 12시까지는 학교에서 중국어 수업을 받는다. 집으로 돌아오면 중국인 과외선생님이 기다리고 계시고 나의 과외시간은 한두 시간이 아닌 무려 7시간. 과외가 끝나면 복습하기 바빴기 때문에 늦은 시간에나 잠이 들었다. 이런 생활을 하다보니 학교에선 천재로 불리고 길거리나 상점에서는 중국인으로 오해받기도 했다.

물론 이런 오해는 표현할 수 없을 정도로 기분 유쾌한 오해다. 그 당시 목표는 북경대에 입학하여 수재들과 같이 공부하는 것이었기 때문에 북경대 예과반을 선택하게 되었다. 내가 예과에 다니고 있을 당시 수많은 사람들이 "예과를 통해 북대에 입학을 하여도 퇴학당하거나 포기하고 돌아가는 사람들이 많다더라. 실력도 없다더라"라고 말하곤 했다. 이러한 말을 들었을 때마다 이를 악물고 눈물 흘려가며 공부해야 했고 오기도 발동하게 되었다.

눈물의 댓가로 나는 북대에 입학할 수 있었고 중국인도 어려워한다는 역사를 전공하게 되었다. 역사는 우리가 살고 있는 이 땅의 기록이며 순환하는 역사로 인해 이 사회가 발전할 수 있는 다리역할을 한다고 생각했다. 힘든 공부지만 이제껏 전공을 선택한 것에 대해 후회한 적이 없다. 지금 되돌아보면 입학이란 기쁨도 잠시였던 것 같다. 북대는 엄격한 유학생 관리로 유명하다. 내가 입학했을 당시 학교 선배들은 졸업장이 아닌 수료증을 받기 일쑤였다. 4년 내에 졸업하지 못하고 6년 동안 대학에서 공부한 선배들도 적지 않아서 일명 북경 초등학교라 불렸다. 한 학기에 전공과목 60%를 이수하지 못하는 경우, 4년의 대학생활에서 전공 8과목에 대해 합격점수(60점)를 받지 못하였을 경우, 논문이나 숙제는 베끼거나 커닝을 해서 적발되는 경우 등 퇴학처리 되는 이유도 가지각색이다. 유학생이기 때문에 봐준다는 것은 환상에 그치는 말이었고, 별다른 기대 없이 공부만 하는 것도 이곳의, 또 나의 현실이었다. 모국어가 아닌 한어로, 중국 수재들과 동등한 입장에서 경쟁해야 했기 때문에 중간에 포기하고 싶은 생각도 여러 번했었다. 평소 틈틈이 공부해야 하는 것은 물론이거니와 시험기간에는 쌍코피 흘려가며 또 내가 스스로를 타일러 가야 했다. 그렇게 했기 때문에 경쟁에서 뒤떨어지지 않을 수 있었다.

예전 동기들과의 대화에서 "시험기간에 자는 것은 시험에 대한 예의가 아니다"라는 말을 한 적이 있다. 유머러스한 한 문장에 불과 하지만 나의 생활을 잘 표현한 문장임에 틀림없다. 대학 생활을 하면서 오기와 인내심이 없으면 수월한 졸업을 보장받을 수 없다는 것이 나의 생각이다.

잊을만하면 한번씩 매스컴에서 중국유학의 실태를 고발한다고 떠들어대는 것을 보면 너무나 속상하다. 정말 한 사람이나 소수를 보고 전체를 묶어 고발하는 그들을 볼 때면 너무나 섣불리 판단하여 방송하지 않나 하는 생각이 든다. 한 고등학생이 나에게 물었다. "누나, 북대생들은 술 마실 때도 손에 책 들고 마신다면서요?" 황당한 이 질문을 듣고 얼마나 웃었는지 모른다. 그 아이도 대학생활에 긴장하지 않으면 안 된다는 것을 알고 있는 것 같았다. 이제 나는 졸업을 앞둔 상태라 이 모든 이야기를 웃으며 회상할 수 있다.

하지만 직접 겪어 보지 못한 사람들에게 이런 말을 하면 '무슨 자랑을 저리하나' 라고 받아들일 것이 뻔하다. 이 이야기들은 자랑이 아닌 순수한 나의 유학 경험이다. 나의 이 수기가 말 많고 탈 많은 중국유학에 망설이고 있는 이들이나 지금 어딘가에서 시간을 낭비하는 중국 유학생들에게 일명 '충격' 이나 '지침서' 가 되었으면 좋겠다.

마지막으로 힘든 나의 유학생활을 포기하지 않도록, 옆에서

사랑으로 돌봐 주시고 격려해 주신 어머니와 지혜와 총명, 인내
와 오기를 허락해 주신 주님께 감사드린다.

역시 다른 나라 언어를 배우려면 그 나라에서 배워야 한다

■■ **여학생**(중국 조기유학 1년차, 고등학교 1학년)

벌써 중국에 온지 6개월이 지났다.

처음 중국에 유학을 오기 전 나는 중국을 별로 좋게 생각하고 있지 않았다. 솔직히 중국으로 유학을 오게 된 것도 모두 내 의지였다고 말할 수는 없겠다. 중국에 대해 관심을 가지고는 있었지만, 엄마의 '중국유학' 이라는 권유에 나는 제일 먼저 한국에서의 생활을 돌아보았다. 순간, 매일 아침 일찍 학교에 가서 수업을 듣고 밥을 먹고 '야자'를 하고 밤늦게 집에 돌아와서 컴퓨터를 잡고 있다가 새벽 2, 3시가 되어서야 잠을 자려고 침대에 눕는 내 모습이 떠올랐다. 어떻게 보면, 깊게 생각하지 않고 그저 내가 한심하다고 느껴져서 중국에 오겠다고 결심한 것일지도 모른다. 하지만 나는 중국유학이 결정된 후부터 중국에서 어떤 모습으로 지낼 것인지를 생각하고 또 생각했다. 그리고 다짐했다. 절대로 지금처럼 후회해서 내 모습에 실망하지 않겠다고.

중국에 온 첫날, 예전에 북경으로 여행을 왔을 때와는 전혀 다른 느낌을 받았다. 많이 달라져서 그랬던 것일까? 낯설기보다는 그냥 편안한 느낌이었다. 그리고 내가 여기서 적응을 잘 할 수 있을 것 같다는 자신감이 생겼다.

차를 타고 다니면서 제일 먼저 보이는 것은 이곳의 교통질서였다. 빨간 불에도 쌩쌩 지나가는 차들과 횡단보도가 없는데도 그냥 무작정 지나다니는 사람들이 많았다. 물론 한국에서도 이런 모습들을 볼 수 있지만 한국은 정말 드문 편이다. 앞에 사람이 지나가고 있는데도 멈출 생각을 하지 않는 차와 나를 더 놀라게 했던 것은 간혹 바쁘면 바쁜 대로 중앙선을 쉽게 넘나드는 차들이 보이기도 했다는 것이다. 이러니 교통사고가 많이 일어날 수밖에….

길을 걷다 보면 한국 사람과 많이 마주치게 된다. 중국에서 학교를 다니면서 말이 통하지 않아 곤란한 일을 겪기도 했지만, 한국 친구들이 많은 도움을 주었다. 한국에서 중국으로 유학을 가는 사람이 너무 많아서 중국어를 빨리 배울 수 없을 것이라고 생각하고, '차라리 한 명도 없었으면…' 했는데, 한국 친구들에게 조언을 많이 구하고, 가끔 힘들 때 내게 큰 힘이 되어주는 친구들을 보면 지금은 오히려 다행이라고 생각한다.

내가 지금 다니는 이 학교에서 기숙사 생활을 하면서 내가 한국에서보다 시간을 더 잘 활용하고 있다고 느낄 때는 잠시나마 책상 앞에 앉아서 책을 보고 있을 때이다. 컴퓨터와 TV를 보기 어려워서인지, 책을 잡고 있는 시간이 길어진 것 같다. 그리고 점점 더 좋아지고 있다고 느껴지는 중국어 실력에 혼자 뿌듯해져서 더욱 열심히 하겠다고 나 자신과 또 한번 약속해 본다. 물론 내가 이렇게 매일 매일 책만 붙잡고 사는 것은 아니다. 어쩌면 공부한 시간보다 놀러 다닌 시간이 더 많을지도 모르겠다. 주말이 오면 나를 기다리는 것들이 너무 많다. 특히 다른 나라 사람보다 한국인이 워낙 많아서인지 주변에 한국과 관련된 것들이 널리고 널려있어, 놀러가지 않을 수 없다. 한국 슈퍼, 노래방, DVD방, 만화책방 등 항상 나를 부르던 것들이 중국에서까지도 날 애타게 찾는다. 밤늦게 돌아다니다가 시끄러운 소리를 따라가 보면 거의 한국 학생들이 술을 마시고, 담배를 피우면서, 그렇게 시간을 보내고 있다.

중국에서는 전혀 거리낌 없이, 자연스레 술과 담배를 팔기 때문에 이런 모습을 흔히 볼 수 있다. 또한 공부하겠다고 오직 자신의 의지로 유학을 온 학생이 있는가 하면, 한국에서 공부하기 힘들어서 쫓기듯 중국으로 도망쳐온 학생들도 있고, 그냥 부모님이 보내겠다고 해서 유학 온 학생들도 많이 있기 때문에 비뚤게 걷는 학생들이 많이 눈에 띄곤 한다. 중국인에게 한국인에 대해 물어보면 그리 좋은 이미지는 아닌데, 아마도 이런 유학생들 때문이 아닌가 하는 생각이 든다.

이 글을 쓰면서 내가 지금까지 어떻게 유학생활을 해왔는지 돌아보고 반성할 수 있었던 것 같다. 처음 학교에 들어갔을 때, '너 이름이 뭐니?' 하는 선생님의 물음에 대답도 하지 못하고 진땀을 뺐던 기억이 난다. 지금 얼굴 빨개졌던 그때의 내 모습을 떠올리면 피식 웃음이 나온다. 그땐 분명 아는 문장이었지만 내가 한국에서 배웠던 것과는 너무 다른 발음으로 들려서 알아듣지도 못했었다. 이런 걸 보면 역시 다른 나라 언어를 배우려면 그 나라에서 배워야 한다는 말이 맞는 것 같다.

이렇게 유학을 와서 다른 나라의 언어를 배우고, 친구를 만나고, 문화를 알아간다는 것은 정말 재미있는 일이다. 여기저기서 온 사람들이 많고, 또 나라마다 문화가 다르기 때문에 가끔은 황당한 일을 겪기도 하지만 나는 지금 이런 생활이 너무 즐겁고, 사람을 넓게 사귈 수 있다는 것만 해도 더 없이 기쁘게 생각한다.

유학생활이 처음이라서 어떻게 해야 할지 걱정을 많이 했었는데 그래도 유학원 선생님들과 친구들이 많은 도움을 주어서 다행히 한 학기를 잘 마무리한 것 같다. 앞으로도 지금의 마음 잊지 않고 더 노력할 수 있는 내가 되었으면 좋겠고, 나에게 있

어서 큰 힘이 되어주었던 고마운 사람들처럼 나도 앞으로 중국
으로 유학 오는 사람들에게 많은 도움이 되길 바란다.

그리고 마지막으로, 내가 더 넓은 세상을 볼 수 있도록 해주
신 엄마, 아빠께 너무너무 감사하게 생각한다.

더 많은 준비와 시간을 아껴
후회 없는 중국유학을 하길…

■■ **남학생**(중국 조기유학 2년차, 고등학교 2학년)

안녕하세요. 저는 북경에서 2년째 유학 중인 학생입니다.

저도 중국에서 유학을 하고 있지만 제 생각에 저는 아직까지 제 스스로가 만족할만한 성공적인 유학생활을 하고 있다고 생각하진 않습니다. 그래서 유학생 수기를 쓰면서 잠깐이나마 고민을 했었고, 제 공부에 대한 부분보다는 저를 포함한 제 주변의 친구들이 만족하지 못하는 유학생활을 했던 이유에 대해 쓰려고 합니다.

흔히 제 주위에 유학을 오는 이유는 대부분이 부모님의 강요가 가장 많습니다. 하지만 만약 아무 생각 없이 부모님의 강요로 오는 것이라면 반대하고 싶습니다. 만약 정말 확고한 마음 없이 중국유학을 온다면 그다지 큰 성공을 할 수 있다고 생각하진 않습니다.

일단 처음에 유학을 오면 유학생들만 있는 반에 넣어줍니다. 하지만 가능하다면 중국 학생과 같이 공부할 수 있는 차반에 들어가는 것이 낫다고 생각합니다. 중국 학생들이 생각보다 한국 학생들을 좋아하는 편입니다. 이유는 잘 모르겠지만 한국 아이들에게 생각보다 잘해줍니다. 처음에 중국 사람과 대화를 하는 게 무서울 때가 있습니다. 왜냐하면 제가 열심히 생각하고 정리해서 말을 했다고 생각했는데 말을 못 알아들으면 말을 할 때 거부감이 생깁니다. 그러다 보면 자연스레 중국어를 배운다고 해도 중국 사람과 말을 최대한 짧게 하려고 하고 그렇게 하게 됩니다. 그러니까 처음부터 그런 것에 자연스러워지려면 아무래도 중국 친구를 사귀는 게 편합니다. 아무래도 같은 나이 또래면 말을 하기도 편하고 잘 들어줍니다. 그리고 모르는 것이 있다면 물어보고, 못 알아듣는다면 두 번이든 세 번이든 자신있게 얘기하는 게 좋습니다. 저도 아직 약간 무서움이 있긴 하지만 더 많이 물어보고 더 많이 말하려고 노력하는 편입니다.

다음으로는 중국 유학생들이 가장 많이 모여서 노는 곳 중에 우다코라는 곳과 왕징이란 곳이 있습니다. 이 두 곳은 거의 한인촌이라고 생각하시면 될 정도로 한국 사람이 많습니다. 그리고 거의 모든 간판들에 한국어가 써있고 종업원들 모두가 거의 일상적인 한국어를 할 수 있습니다. 한국보단 못하지만 거의 모든 것이 한국이랑 유사합니다. 가격도 그다지 한국보다 싸진 않습니다. 그런데 한국과 다른 점은 한국은 술집에 '민증' 이 있어야 출입이 가능하지만 중국은 그렇지 않습니다. 고등학생이든, 중학생이든, 초등학생이든 술과 담배를 거리낌 없이 팝니다. 제 주위에 원래 담배를 안 피운다하더라도 중국에 와서 담배를 계속 안 피우는 사람은 손에 꼽을 정도로 드문 경우입니다. 그 정도로 술, 담배의 유혹에 빠지기 쉽습니다.

중국은 돈이 있고 마냥 논다고만 생각하면 얼마든지 놀 수 있습니다. 그러니 신중하게 잘 생각해서 결정해야 된다고 생각합니다. 그리고 일단 오게 되면 한국이랑 학기가 다르기 때문에 복학하기 힘들다는 사실도 잊지 말아야 합니다.

지난 시간에 대한 적지 않은 후회가 있습니다. 하지만 앞으로 남은 유학기간은 제가 할 수 있는 최선의 노력을 다하려고 합니다. 현재 중국유학 중이거나 중국유학을 생각하는 학생들이 있다면 조금 더 많은 준비를 하고 시간을 아껴서 후회 없는 중국유학을 하셨으면 하는 바람입니다.

일반인은 잘 모르는 중국에서의 생활

01

중국은 학부모가 살기 어렵다?

상담을 오는 사람들 가운데 자녀가 너무 어리거나, 여건상 자녀와 같이 중국에 가야 하는 부모 또는 어머니 혼자 가야 하는 경우가 있다. 그럴 경우 중국에서의 처음 생활이 그 분들에게는 큰 걱정거리가 아닐 수 없다. 상담 중에 만일 중국 조기유학을 희망하는 학생이 초등학교 6학년까지라면 필자는 무조건 같이 가라고 권유한다.

많은 분들이 중국에서의 처음 생활을 걱정하지만, 막상 중국에 가면 그런 걱정은 거의 할 필요가 없다. 재미있는 점은 처음 1~2개월 동안은 한국을 그리워하는 어머니들이 많이 있는데 3

개월이 지나다보면 벌써 현지 생활이 익숙해져서 중국에서 생활하기 어렵다는 분들은 거의 없다.

필자 또한 상담하다가 중국에 거주를 원하시는 분들이 있을 경우 중국에 있는 직원들에게 부탁하여 집 구하는 일이나 생활을 도와드리기도 한다. 학생과 학부모 또는 어머니 혼자 중국에 가게 된다면 다음과 같은 준비와 정보가 필요할 것 같아서 간략한 설명을 드리고자 한다.

북경에서 생활하기 가장 편한 곳은 한국 사람들이 가장 많이 사는 곳인 왕징지역과 우다코지역을 들 수 있다. 부모 입장에서는 한국인이 전혀 없는 지역을 원하는 분들도 있지만, 처음에는 대개 부모들도 적응이 힘들기 때문에 최소한 한 학기 정도라도 그 두 지역에 있기를 희망한다.

일단, 중국에서 거주하려면 대부분 아파트를 많이 알아본다. 대개 왕징이나 우다코지역에 있는 부동산들은 한국인이 주인인 경우가 대부분이어서 상담하기도 편하다. 보통 1년 계약에 1개월 보증금이 필요하고 월세를 3개월 또는 6개월에 한 번씩 내게 된다. 방이 2개인지, 3개인지에 따라서 집 값이 다르고, 왕징지역보다는 우다코지역이 집 값이 더 비싸다. 중국의 아파트는 대개 그 안에 살림살이가 들어가 있는 경우가 많이 있는데, TV,

냉장고, 세탁기, 심지어 침대까지 거의 모든 생활필수품들이 갖추어져 있다고 보면 된다. 대부분 부모들은 한국에서의 살림살이를 많이 가져갈 것을 생각하지만, 중국에서 저렴하게 구입하는 것이 더 좋다고 보면 된다. 가구 또한 중고시장에 가면 상당히 저렴하게 구입이 가능하다.

아파트 주변에는 24시간 슈퍼나 편의점, 시장들이 가까이에 있어서 식사 준비나 생필품을 사기에도 너무나 편리하다. 주변 환경을 보아도 빵집, 미용실, 노래방, PC방 등 한국에서의 주거 환경과 많은 차이가 없기 때문에 며칠만 생활하면 금방 익숙하게 된다.

TV 또한 중국에 한국 위성방송 채널이 들어가 있어서 얼마든지 국내의 모든 방송 시청이 가능하다. 식당은 한국인이 경영하는 식당도 많이 있고, 중국인이 경영한다고 하더라도 거의 모든 종업원들이 한국말이 가능하기에 아무 어려움이 없다.

비자문제나 여행문제도 아파트 주변에서 얼마든지 해결이 가능하다. 대개 부동산에서 많이들 도와준다.

현재 북경의 왕징지역이나 우다코지역에 있는 부모 또는 어머니의 생활 패턴을 보면 대개 학생들이 아침에 통학을 하면, 어머니는 곧바로 학원에 가서 생활 중국어를 배운다. 오전을 그렇게 하고 난 후 오후에 바로 시장에 가서 식사에 필요한 음식거리나 과일 등을 사게 된다. 오후에 학생이 돌아오면 과외선생님을 초빙하여 학생 과외를 시키고, 과외 후에는 학생과 같이 아파트 앞 공원을 걷는 경우가 많다.

어머니들이 특히 좋아하는 것 중에 하나가 발마사지이다. 중국에는 마사지가 각 지역마다 많이 발전되어 있는데, 남성들보다는 여성들에게 특히 인기가 높다. 가격도 보통 한 시간에 한화 5,000원 정도로 저렴하여 일주일에 1번 정도를 받으면 한 주간의 피로를 말끔히 씻을 수 있다.

야간에는 아파트 주변으로 중국 특유의 꼬치구이가 인기다. 특히 왕징지역의 왕징시청 부근에는 밤 9시 정도가 지나면 양고기를 비롯하여 여러 가지 메뉴들의 꼬치구이가 등장하게 된다. 대개 1개당 한화 130원 정도이며, 상당히 맛이 있다.

왕징같은 경우 지나가는 사람 10명 중 3명은 한국 사람이라고 보면 된다. 이쯤 되면 중국에서의 생활을 걱정하는 사람들은 크게 없을 것이라는 생각이 된다.

02

주변에 널려 있는 한국문화

앞에서 소개했던 중국에 있는 한국문화를 조금 더 자세하게 서술하도록 하겠다.

중국 안에는 미국처럼 '코리아타운'이라 부를 만한, 왕징지역과 우다코지역이 있다.

특히 왕징지역에 학부모들이 더 많이 있기에 주변 문화가 거의 한국문화라고 볼 수 있다. 아파트 주변에 빵집이나 미용실, 당구장, PC방, KFC, 슈퍼, 식당, 분식점, 스타벅스 커피전문점, 다방, 보습학원, 미술학원, 요구르트 아줌마까지 한국에서의 문화가 중국에도 널려 있다. 하다못해 중국집도 경쟁이 치열해서 한국에 많이 있는 세트메뉴가 중국에도 똑같이 있다고 보면 된

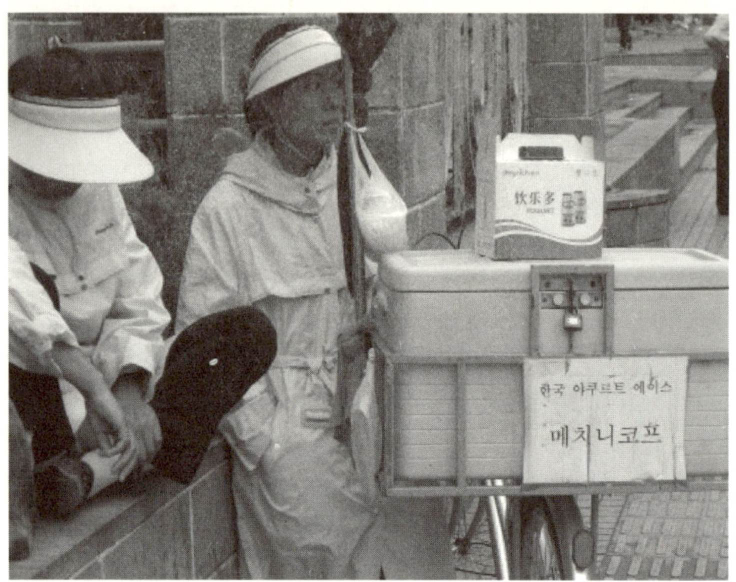

중국의 요구르트 아줌마 _모두 중국사람들이지만, 왕징에서 흔히 볼 수 있다. 아파트 입구에서 주로 장사를 하며, 중국에 진출한 한국 요구르트와 중국 요구르트를 살 수 있다.

다(다만, 요리사가 중국인이라 맛은 한국보다 못한 경우가 많다). 음식의 경우는 대부분 밤늦게까지 배달이 된다.

미용실의 경우도 중국인이 경영하는 미용실과 한국인이 경영하는 미용실이 있다.

중국인이 경영하는 미용실은 한번 미용에 보통 20~30위엔 정도지만, 한국인이 경영하는 미용실은 80~100위엔 정도한다. 그런데 한국 학생들은 대개 비싼 돈을 주고서도 한국 미용실을 많이 찾는다. 빵집 또한 중국인이 경영하는 빵집은 아무래도 맛이 약간은 다르지만 한국인이 경영하는 빵집은 한국과 맛이 거의 같다.

지난 월드컵 때 중국에서 학생들과 함께 한국과 프랑스의 경기를 보게 되었는데, 주변에 한국 사람이 많다보니 응원 열기가 뜨거운 정도를 넘어 우다코지역에서는 중국 유학생들이 거리 행렬까지 했다고 한다. 이쯤 되면 중국인지, 한국인지 혼동이 올 듯도 하다.

주변 간판도 그 두 지역에 있어서는 주변에 거의 한국식 간

아파트 경비 _중국의 거의 모든 아파트들은 문마다 경비가 24시간 통제를 한다. 대개는 지방에서 올라온 나이 어린 청소년들이 많다.

판이 대부분이고, 한국에서의 일간지도 오후에 받아볼 수 있다. 대부분 한국인이 장사하는 전문 백화점도 있으며, 한글로 된 각종 광고지가 주변에 즐비하다.

이런 환경 속이라면 한국 유학생들이 처음에 적응하기에는 너무 좋지만, 나중에는 중국문화 속으로 들어가기에 많은 어려움이 있을지도 모른다. 대신 집을 이사하기보다는 어느 정도의 적응 시기가 지나면 주말을 이용하여 좀 더 중국문화 속으로 들어갈 수 있도록 학부모나 유학원에서 다양한 방법으로 프로그램을 만들어야 할 것으로 보인다.

O3

중국에서의 교통수단
■■ 조심조심! 위험한 중국생활

필자가 북경에서 관리하는 학생들을 보러 갔을 때의 일이다. 학생들이 많이 있는 왕징 근처로 숙소를 정해서 두 달 정도 생활하였는데, 도착한지 한 달만에 왕징지역에서 교통사고로 한국인 대학생들과 성인, 고등학생 등 5명이 목숨을 잃거나 큰 상해를 당한 경우를 보았다. 대부분 일반 택시가 아닌 삼륜차(오토바이)나 자전거를 탄 경우였다.

중국에 가보지 못한 사람들은 잘 모를 것 같아 자세히 설명해 보도록 하겠다.

먼저 한국 학부모나 학생들이 많이 있는 왕징에 가보면 생각보다 움직이는 거리가 걷기에는 멀고, 택시를 타기에는 짧은 거리다. 버스 또한 노선이 여러 군데로 자주 있는 것도 아니라 대부분 택시, 불법 택시(소위 '빵차' 라고 부른다), 오토바이, 자전거를 교통수단으로 이용한다. 왕징지역의 대부분은 어디를 가더라도 기본요금이다. 요금을 나열해 보면 택시는 기본요금이 10위엔(한화 1,350원 정도)이고, 오토바이는 일반 오토바이가 3위엔(한화 402원 정도), 개량형 오토바이가 4위엔(한화 528원 정도), 자전거는 3위엔 정도이다. 택시를 제외하고 거리에 따라 1위엔 정도 더 내는 경우도 있다. 불법 택시는 말 그대로 일반 자가용을 가지고 있는 사람이 택시 기본요금 정도로 해서 운행을 하는 경우이다.

아직 중국은 사고에 대비한 의료보험 같은 혜택들이 제대로 정비가 안 되어 있어서 택시 이외의 교통수단을 이용했을 경우 사고가 났다면 아무런 보상을 받을 수 없다. 대개 자전거나 오토바이를 운행하는 사람들은 워낙 경쟁도 많고, 하루 벌어 하루하루 살아가는 사람들이라 의료보험을 드는 것은 생각할 수도 없기 때문에 교통사고가 나더라도 전혀 방법이 없다.

또한 중국 교통에서의 위험한 점은 지역에 따라 좌회전 신호가 없는 곳이 많으며, 신호등이 빨간 불만 아니라면 모든 차들이 멈추는 경우가 거의 없다는 것이다. 다시 말해서 신호만 초록 등

이라면 사람이 무단횡단을 할지라
도 오는 속도 그대로 그 사람을 피
해서 갈 뿐이지, 멈추는 경우는 극
히 드물다.

필자도 앞에 설명한 교통수단을
모두 이용해 보았지만, 필자가 관리
하고 있는 학생들에게는 절대로 택
시나 버스, 지하철 이외에 다른 어
떤 것들도 타지 말라고 당부한다.
필자 또한 오토바이나 자전거를 타
면서 몇 번 위험한 경우를 당해 보

❶ 중국 우체국 자동차_이 외에도 조금 더 큰 운송
차량과 별도의 오토바이를 볼 수 있다.

❷ 중국의 택시_예전의 빨간색 택시는 거의 없어지
는 추세이며 지금은 몇 종류가 주류를 이룬다. 특히 중국
에 진출한 H회사의 차량이 다른 이름으로 출시가 되어,
북경지역에서 가장 많은 택시 차량으로 쓰이고 있다.

❸ 중국의 오토바이_안전벨트가 없어 상당히 위험
하며, 지금은 개량형 오토바이로 거의 바뀌어 가고 있는
추세다.

❹ 중국의 개량 오토바이_오토바이의 안전성을 위
해서 나온 것으로, 문이 있기에 그래도 조금은 안전하다.

❺ 중국의 자전거 운행_어찌 보면 말 그대로 오토
바이보다 더 위험할 수 있다. 차선을 가로지를 때에는 나
도 모르게 움찔하게 된다.

았고, 보통 사고가 나면 큰 부상으로 이어지기 십상이기 때문이다. 대부분 한국 학생들은 5위엔 내지 7위엔 정도를 절약하기 위해 택시 이외의 교통수단을 이용하지만, 사고가 났을 경우에는 아무런 대책이 없다.

이와 함께 특히, 여학생들의 경우 종종 납치사건 얘기도 나오며, 중국인들은 항상 한국 유학생들은 돈이 많다는 인식을 갖고 있기에 오토바이를 탔다가 으슥한 골목으로 끌려가는 경우도 있음에 유의하기 바란다.

04

중국의 학원과 과외

필자가 왕징에 처음 갔을 때 놀란 것이라면 아파트를 개조하여 보습학원처럼 운영하고 있는 학원들이 참 많다는 것이고, 우다코지역에서는 한국에서도 이름만 들으면 알만한 유명 입시학원들의 경쟁이 치열하다는 것이다.

유학을 간 학생들은 거의 모두가 필수적으로 과외를 하게 된다. 대부분 광고지를 보고 과외를 많이 구하게 되는데, 국내의 중국 포털 사이트의 구인·구직란에서 구하기도 하며, 주변 한국 부모들의 소개로 구하기도 한다.

같은 과외라도 유명 한국인 강사의 경우 과외비가 한국만큼이나 상당히 높다. 과외의 경우 일반적으로 중국인, 조선족, 한국인 순으로 과외비가 높아지게 되는데 회화나 어문의 경우 대개 중국인은 20~50위엔, 조선족은 50~80위엔, 한국인 강사는 80~150위엔 정도이다. HSK 한국인 강사는 200위엔까지 하기도 한다. 학생이 어느 정도의 실력만 있다면 중국인에게 과외를 받는 것이 가장 저렴한 것이다(앞의 것은 1:1 과외를 말한 것이고, 2:1이나 3:1의 경우에는 조금 더 가격을 낮출 수 있다).

당연히 학원의 경우에는 앞의 것보다 더 저렴하게 이용할 수 있다.

일반적으로 학원에서는 오전에 성인들을 대상으로 회화반을 운영한다. 그리고 우다코지역에서는 대개 고등학교 2학년 2학기부터 청화대반, 북경대반, 인민대반으로 나뉘고, 문과와 이과로 구분하여 집중적인 입시에 맞는 수업을 한다. 그런 종일반은 아침 8시부터 밤 11시까지 수업을 하며, 식사는 학원 식당을 이용한다.

05

어느덧 뿌리내리고 있는 종교

필자는 어릴 때부터 교회에서 자라 모태신앙을 가지고 있다. 중국에 처음 출장을 갈 때 주일날 교회문제로 신앙적인 고민이 있었는데, 막상 가보니 북경 내에도 교회가 너무나 많다는 사실에 놀랐다. 각종 광고지에는 교회를 소개하는 공간이 많았다. 3개 정도의 교회에 참석을 해 보았는데, 한국의 교회와 별반 차이가 없었다.

다만 교회 관계자에게 얘기를 들어보니 아직은 중국에서의 종교 활동에 많은 제약이 뒤따랐다. 예를 들어 중국 내에서 건물을 직접 임대하는 것도 어렵고, 예배를 위한 주보를 만들어서도

북경의 교회 예배모습_북경 왕징에 있는 한 교회의 예배모습. 중국은 아직 공산주의이기에 교회 설립이나 운영이 상당히 힘들지만, 이제는 여러 교회들이 합법적으로 교회를 운영해 가고 있다. 예배 분위기나 교회활동은 우리나라와 다르지 않다.

안 된다. 그리고 거리에서 중국인을 대상으로 전도를 해서도 안 되며, 교회에 중국인이 와서 예배를 드려도 안 된다. 대부분 호텔의 홀을 빌려서 예배를 드리는 교회가 대부분이며, 왕징지역과 우다코지역에 많이 몰려 있는 것이 특징이다.

단순히 신앙적인 이유에서가 아니라, 다른 학부모들과 같이 어울릴 기회를 가지다보면 자녀들을 위한 좋은 학습방법이나 학습정보, 생활정보 등을 공유할 수 있어서 여러모로 도움이 된다.

직접 가보지는 않았지만, 왕징에서 차를 타고 나가면 천주교도 있다는 얘기를 들었다.

혹시나 종교인으로서 본인이나 자녀가 중국에서 신앙생활을 못할까봐 걱정되는 사람이 있다면 걱정할 필요는 전혀 없다.

06

북경에 관광을 온다면
꼭 가봐야 할 3대 코스

필자가 중국에 학부모들을 모시고 답사를 갈 때 꼭 가보는 곳이 세 군데가 있다. 한 군데는 유명 명품들의 가짜를 파는 백화점과 옥류관 그리고 마사지를 받는 곳이다.

북경 내에서만 여러 명품들의 가짜를 파는 곳이 있는데, 학생들은 홍챠오시장을 주로 가며, 관광객들은 산리툰 쪽의 '야슈'라는 시장을 많이 가게 된다. 그곳에 가면 정말 없는 게 없을 정도로 시계부터 가방, 지갑, 벨트, 옷 등 가짜지만 진짜 같은 유명 명품들을 만날 수 있다. 그 곳에서 부르는 가격에 최고 70~80%는 깎아야 그나마 손해를 안보고 살 수 있다. 대개 100위엔 정도면 거의 모든 물품들을 살 수 있다고 보면 된다. 그곳에서 일하는 사람들은 대부분 간단한 영어를 하기 때문에 물건을 사기도 어렵지 않고, 금액은 모두 계산기를 보여주면서 계산하기에 물건에 대한 흥정도 쉽다. 그 곳에서 물건을 산 적이 있는 사람과 같이 가게 되면, 저렴한 가격에 많은 물건을 쉽게 살 수 있을 것이다. 진짜 같은 가짜지만 품질도 그리 나쁘지 않다.

다만 종업원들이 처음에 가격을 부를 때 물건 값의 5배에서 10배 정도를 부른다.

물건을 싸게 구입하고 싶다면 다음의 두 가지만을 기억하기 바란다. 하나는 어떤 물건이든 100위엔에서 150위엔을 넘는 것은 없다는 것을 명심하고, 듣자마자 일단 말도 안 된다는 표정으로 자리를 뜨면 바로 종업원이 붙잡고 흥정을 하자고 한다. 다른 하나는 다음에 다시 올 거라는 말을 하면 조금 더 친절하게 대해 준다.

두 번째로 모시고 가는 곳이 왕징에 있는 '옥류관' 이라는 식당이다. 북경 내에 또 하나의 분점이 있는 곳인데, 그 곳에서 일하는 모든 사람들은 모두 북한 사람들로서 공무원이기도 하다. 이곳에서는 북한의 각종 음식을 만날 수 있으며, 매일 밤 7시가 되면 한 시간 정도의 아주 멋진 특별무대가 펼쳐진다. 춤과 노래가 대부분이지만, 실력이 매우 뛰어난 것에 놀라게 된다. 방금 전까지만 해도 옆에서 일하던 종업원들이 옷을 갈아입고 무대에 서게 되는데, 노래 부르는 모습이나 악기 다루는 솜씨가 정말 프

옥류관 공연모습 _북경에 위치한 북한 최고의 음식점이다. 앞에서 공연하는 대부분의 사람은 서빙을 보는
복무원 아가씨들이 정해진 시간에 옷을 갈아입고 직접 한다. 귀에 익숙한 북한 노래와 흥겨운 우리나라 고유
의 음악을 즐길 수 있다.

로에 가깝다는 생각이 든다. 주로 손님 중엔 관광객들이 많아서 무대에서 공연하는 북한 사람들과 사진촬영을 원한다면 그들에게 옥류관에 배치되어 있는 꽃다발을 사서 주면 된다. 손님들이 꽃다발을 100위엔을 주고 앞의 무대에 있는 사람에게 건네면, 그 사람들과 같이 사진촬영을 할 수 있도록 포즈를 취해 준다(다만, 음식 값은 다른 한국식당에 비해 약간 비싼 편이다).

세 번째로 가는 곳은 앞에서 소개한 마사지하는 곳이다.

한국에서는 마사지의 이미지가 퇴폐적인 쪽으로 생각되지만, 중국은 워낙 치료 중심의 마사지 문화가 잘 되어 있어서 실제로 마사지를 받게 되면 하루의 피로를 말끔히 풀 수 있다. 가격 또한 저렴하여 한화 10,000원~15,000원 정도면 발 마사지 한 시간과 전신 마사지 한 시간을 받을 수 있다. 특히 여성들은 발 마사지를 받으며 '발 손질'이라는 것을 많이 하는데, 발에 있는 각종 티눈이나 여러 가지 아픈 곳을 효과적으로 치료할 수 있다.

이 책을 읽은 독자 분들이 중국을 가게 된다면 앞의 3곳은 반드시 가보기를 권한다.

07

가깝고도 먼 민족, 조선족

대다수의 중국을 소개하는 책들을 보면 사업할 때 특히, 중국의 조선족들을 조심하라고 한다. 많은 사업가들이 중국에서 한국말과 중국말을 동시에 할 수 있는 조선족들을 동업자로 하여 일을 하게 되는데, 대부분 그 조선족들이 중간에서 사기를 쳐서 크게 손해를 봤다는 사례가 너무도 많다.

하지만 그런 나쁜 사람들도 있는 반면에, 선량한 조선족들도 많이 있다는 것을 알리고 싶다. 필자 또한 중국에 알고 있는 많은 조선족들이 있다. 이미 직장에서 근무하는 이들도 있고, 대학에 재학 중인 학생들도 있다. 그들과 대화하며 생각을 나누다보면 많은 부분에서 서로간의 편견이 있다고도 생각이 된다. 기존의 조선족들이 중국 각 지방에서 많은 잘못을 한 것도 사실이지만, 여러 젊은 조선족들을 만나보면 생각이 바르고 성실한 사람도 많다는 사실이다.

이와는 반대로 조선족들은 한국 사람들을 경계한다. 한국에서 중국으로 와서 사업을 하는 대다수의 한국 사람들은 직원들로 조선족들을 많이 쓰고 있다. 중국어와 한국어가 동시에 가능할 뿐 아니라, 한국보다 1/5 정도 낮은 임금으로도 그들을 채용할 수 있기 때문이다.

그러나 문제는 그 사장이라는 한국 사람들이 조선족이라 하여 그들을 너무나 쉽게 본다는 점이다. 일을 하면서 언어폭력을 일삼는 사람들도 많고, 회사에서 술자리 회식이 있다하여 쓸데없이 술시중을 들게 하거나 말과 행동으로 성희롱을 하는 사람들도 모두 한국 사람들이기에 조선족 여직원의 경우 한국 남자들을 상당히 경계한다고 한다.

분명 조선족과 한국인들간에는 큰 문화적 차이가 존재한다. 그것이 때로는 표현방식의 차이일 수도 있으며, 생각의 차이일 수도 있다. 필자가 말하고 싶은 바는 그들 또한 우리 민족임이 분명하다는 사실이다. 서로간의 이해의 폭이 지금보다 더 많이 넓어졌으면 하는 희망이 있다.

2006년 중국 주요 대학 입학자료 모음

- 청화대학
- 북경대학
- 인민대학
- 복단대학
- 대외경제무역대학
- 남개대학
- 상해교통대학
- 북경사범대학

청화대학

- 본 과 : 4월 1일 ~ 4월 20일, 연구생 : 12월 1일 ~ 12월 20일
※신청기간의 경우 매년마다 약간의 차이가 있습니다.

입학시험

- 이공계 및 관리학과 : 수학(100점), 물리(100점), 화학(50점), 영어필기시험(100점)
  건축학 전공은 소묘를 추가해서 봅니다.
- 문과계열 및 법학과 : 기초한어(100점), 영어필기시험(100점)
  중국어 청취력 평가(20점), 작문(80점)
- 영어계열 : 기초중국어(100점), 중국어 청취력 평가(20점), 작문(80점)
  영어필기시험(100점), 영어말하기 시험(5점)

입학서류

1. 청화대학 외국 유학생 중국에서의 학습 신청표(학교서류)
2. 최후 학력증과 성적표 복사 1부(공증한 것)
3. HSK 6급 이상, 성적증명 복사 1부(공증한 것)
4. 신청자의 여권 복사 1부
5. 미술학원 신청자는 본인의 미술작품 사진 6장을 제공해야 한다.
   (소묘, 색채, 전업설계작품 사진 각 2장)

주요 학과

※유학생 신청학과는 매년 달라질 수 있습니다.

▶공학

건축학	건축환경과 설비공사	토목공사	수이수전공사	환경공사	기계공사와 자동화
자동화제조와 측량기술	능원동력시스템과 자동화	공업공사	전기공사와 그의 자동화	차량공사	전자과학과 기술
전자정보공사	컴퓨터 소프트웨어	컴퓨터과학과 기술	공사물리	자동화화학공사와 공업생물공사	공사역학
재료과학과공사	고분자재료와 공사				

▶이학

물리학	수학과 응용수학	화학	생물과학

▶경제학

공상관리류 경제학 금융학

▶관리학

공상관리학(회계학, 정보관리와 정보시스템)

▶법학

법학

▶문학

신문학	한어문학	한어학	영어	예술디자인학	예술디자인	회화(중국어)

학교 주소 및 연락처

- 주소 : 中國北京淸華大學 外國留學生工作班公室,
- 전화 : 86-10-62785001 팩스 : 86-10-62771134
- 홈페이지 : www.tsinghua.edu.cn
- 이메일 : xn-fao@tingjua.edu.cn

북경대학

- 본   과 : 3월 7일 ~ 3월 10일
- 시험날짜 : 5월 7일 ~ 5월 8일
※신청기간의 경우 매년마다 약간의 차이가 있습니다.

입학시험

- 전체필수과목 : 어문(중국어), 수학, 영어
- 문과시험추가과목 : 문과종합(중국개황, 역사)
- 이과시험추가과목 : 이과종합(중국개황, 물리, 화학, 생물)
- 각과목총점 : 어문(중국어) : 전체 150점(듣기 30점), 수학(100점), 영어(100점)
  문과종합부분 : 전체 200점 중 중국개황(100점), 역사(100점)
  이과종합부분 : 전체 200점 중 중국개황(30점), 물리(70점), 화학(70점),
  생물(30점)

입학서류

1. 북경대학 외국 유학생 입학 신청표
2. 고등학교졸업장(당해 졸업생은 먼저 졸업예정증명서를 제출 할 수 있다)
3. 고등학교 3년간의 성적표
4. 여권복사본과 여권용 증명사진 1장
   (2, 3항은 중문 혹은 영문 원본을 제출하거나 공증을 거쳐 제출해야 한다)
   이상의 자료는 반환되지 않음.

주요 학과

※유학생 신청학과는 매년 달라질 수 있습니다.

▶문과

중국어언문학과	고고문박학	역사학과	국제관계학원	철학과	정부관리학원
사회학과	신문	법학원	예술학과	경제학원	광화관리학원
외국어학원(영어전공만 모집)					

▶이과

심리학과	생명과학	정보과학 기술학원	환경학원	수학과학학원	지구와 공간
물리학원	역학과공사 과학과학원	화학과 분자공사학원	정보관리학	과학학원	

학교 주소 및 연락처

- 주소 : 中國北京市海澱區 和園路5號 北京大學留學生班公室 100871
- 전화 : 86-10-62752611, 62751232, 팩스 : 86-10-62765543
- 홈페이지 : www.pku.edu.cn/admission
- 이메일 : YKLB@pku.edu.cn

인민대학

신청기간

- 본　　과 : 3월 1일 ~ 4월 30일
- 시험날짜 : 필기(6월4일-5일), 면접(6월 18일 -19일)
※신청기간의 경우 매년마다 약간의 차이가 있습니다.

입학시험

- 문과계열과목 : 어문, 종합(역사, 지리)
- 이과계열과목 : 어문, 종합(역사, 지리), 수학
- 각 과목 총점 : 어문(중국어) : 전체 150점 중 기초어문(60점), 독해(40점), 작문(50점)
　　　　　　　　종합 : 역사(50점), 지리(50점))
　　　　　　　　수학(100점)
- 반영비율 : HSK 50%, 본과점수 50%, 점점 본과 반영비율이 높아지는 추세
- 경제계열 : 수학반영 비율이 높음

입학서류

1. 인민대학 입학지원서
2. 고등학교 졸업장(혹은 졸업 예정증명)과 학습 성적표 원본
3. HSK 6급 이상 증명원본(한어본과는 HSK 3급 이상 증명원본)
4. 증명사진 4장
5. 여권, 거류증 복사본

주요 학과

※유학생 신청학과는 매년 달라질 수 있습니다.

▶수학시험을 봐야하는 전공

경제과	회계학	농업경제관리	국제경제학	노동과 사회보장	농업구역발전
재정학	인력자원관리	통계학	금융학	사회학	문서학
보험학	사회작업업무	국민경제관리	신용관리	응용심리학	무역경제학
금융공사	행정관리	상품학	컴퓨터과학과 기술	공공사업관리	환경과학
수학과	토지자원관리	재무관리	마케팅정보관리와 정보시스템	국제경제와 무역	공사관리 공상관리

▶수학시험을 보지 않는 전공

철학	한어(중국어)	논리학	영어	종교학	일어
한어언문학	러시아어	한어(중국어)	독어	역사학	불어
법학	회화(그림)	국제정치	동화(그림)	외교학	예술디자인
정치학과 행정학	음악연출	과학사회주의와 국제공산주의	미술학	신문학	중국혁명과 중국공산당 당사
광고메디아 신문학	광고학	편집출판학			

학교 주소 및 연락처

- 주소 : 中國北京市海澱區海澱路 175 中國人民大學留學生班公室
- 전화 : 86-10-6251 1588, 6251 5343, 팩스 : 86-10-6251 5343, 6251 5329
- 홈페이지 : www.ruc.edu.cn
- 이메일 : rmdxlb@263.net, rmdxlb@sohu.com

복단대학

- 신청기간 : 현대한어과(3월 1일 ~ 4월 30일(편입 3월 1일 ~ 5월 10일)
  본   과(3월 1일 ~ 4월 30일)
- 시험일자 : 6월 3일 ~ 4일
※신청기간의 경우 매년마다 약간의 차이가 있습니다.

입학시험

- 전학과 필수과목 : 어문(한어), 문과종합이나 이과종합
- 전공별 추가과목 : 수학, 영어
- 과목별 점수 비중 : 어문(한어) : 120점 만점
  문과종합 120점 만점(중국개황 80점, 세계근현대사 40점)
  이과종합 120점 만점(물리 50점, 화학 40점, 생물 30점)
  수학 100점 만점, 영어 120점 만점
※문과종합은 오픈북 테스트입니다.
- 시험과목 : 매과목 150분

입학서류

1. 복단대학 입학지원서
2. 한어수평고시 HSK 증명원
3. 고등학교 졸업증명서
4. 증명사진 4장
5. 여권, 거류증 복사본

주요 학과

※유학생 신청학과는 매년 달라질 수 있습니다.

중어중문학과	중국언어학	영어	불어	독어	한국어
역사학	관광관리	박물관학	신문방송학과	국제정치	금융학
시장경영	재무학	화학	환경과학		

학교 주소 및 연락처

- 주소 : 中國上海市政通路280號復旦大學國際文化交流學院
- 전화 : 86-21-65117628, 65642258, 팩스 : 86-21-65117298
- 홈페이지 : www.fudan.edu.cn
- 이메일 : yzchen@fudan.edu.cn

대외경제무역대학

• 본　　과 : 매년 4월 1일 ~ 5월 31일
※신청기간의 경우 매년마다 약간의 차이가 있습니다.

입학시험

• 시험일자 : 매년 6월 두 번째 목요일과 금요일
• 시험과목 : 중국어, 종합지식(영어, 수학 및 약간의 상식 문제 포함) 및 면접

입학서류 (중국어 또는 영어 번역문)

1. 대외경제무역대학 입학지원서
2. 고등학교 졸업증명서 및 성적증명서
3. 중국어수평고사(HSK) 초급의 C급 이상의 증서
4. 담보인 또는 일정한 기관에서 제출하는 재중신원담보서(在華事務擔保書)와
   담보인의 신분증 사본
5. 여권 또는 주민등록증 복사본
6. 본인의 반명함 크기 증명사진 2매

주요 학과

※유학생 신청학과는 매년 달라질 수 있습니다.

국제무역학	회계학	아라비아어	행정관리 (세관관리)	민상법학
국제경제와 무역	공상관리	한국어 (한중번역통역)	행정관리	기업관리
금융학	마케팅	베트남어	산업경제학	법학(국제경제법)
경제학(운송경제)	행정관리(상품검사)	프랑스어	정보관리 및 정보시스템	이탈리라어
국제법학	외국언어학 및 응용언어학(영어)	영어	스페인어	러시아어
일본어언어문학	일본어	외국언어학 및 응용언어학(독일어)	독일어	

학교 주소 및 연락처

- 주소 : 中國北京市100029對外經濟貿易大學68號信箱
- 전화 : 86-10-6492-8098, 6449-3301
- 홈페이지 : www.bnu.edu.cn
- 이메일 : dfs@uibe.edu.cn

남개대학

- 현대한어과 : 3월 1일 ~ 5월 30일
- 본   과 : 4월 1일 ~ 4월 30일

※신청기간의 경우 매년마다 약간의 차이가 있습니다.

입학시험

- 시험일자 : 매년 5월경
- 시험과목 : 현대한어과(HSK 3등급, 2학년 편입은 HSK 6급 이상)
           본과생(한어, 수학)

주요 학과

※유학생 신청학과는 매년 달라질 수 있습니다.

▶문과계열

한어언문학	박물관학	국제경제법	일어	외무일어
편집학	윤리학	중국화	러시아어	경제학
중국역사	도서관학	사회학	여행영어	국제경제무역
세계사	법학	영어	외무영어	화폐은행학
국제금육	이재학	보험학	무역경제	기업관리
국제기업관리	여행관리	경제정보관리	시장경영관리	회계학
회계검사학	관광경영관리	철학	사상정치교육	

▶ 이과계열

화학	유전자학	자동공제	통계 및 확률	생물화학
환경과학	전자학 및 경영계통	수학	과학계산 및 응용소프트웨어	생리학
환경계획과 관리	전자재료 및 기구	응용수학	생물학	응용생리
물리전자기술	컴퓨터공학과	경영과학	유생물학	응용과학

학교 주소 및 연락처

- 주소 : 中國上海市華山路1954號
- 전화 : 86-022-23508686
- 홈페이지 : www.oir.nankai.edu.cn
- 이메일 : info@pku.edu.cn

상해교통대학

• 본　　과 : 5월 30일
※신청기간의 경우 매년마다 약간의 차이가 있습니다.

입학시험

• 시험일자 : 개별일자
• 시험과목 : 본과생(한어, 수학)

입학서류 (중국어 또는 영어 번역문)

1. 상해교통대학 외국인 유학생 신청서
2. 고등학교졸업증명서 본기 졸업생은 우선 졸업증명을 제출해야 함)
3. 고등학교 전과정 성적증명서
4. HSK 5급 이상 증명서
5. 여권 복사본과 여권사이즈 사진 1장
6. 등록비 800원(인민폐), USD $ 100, 은행계좌번호

※주의 : 제2, 3의 자료는 원본 혹은 공증본을 요구하며 모든 자료의 문자는 중문이거나 영문이어야 합니다.

주요 학과

※유학생 신청학과는 매년 달라질 수 있습니다.

선박해양공학부 (국제항운과 등)	재료공학부	화학화공학부	기계공학부	이학부
동력에너지공학부 (핵공학핵기술과, 환경공학과 등)	생명과학기술부	약학부(생물공학과)	전력학부(전기공정자동화과 등)	농학부
소성성형공학부 (기계공정자동화과)	건축공학역부 (5년제)	전자정보학원(컴퓨터과학과, 기술과, 정보공학과, 제어계측공학과 등)		
안타이관리학부(기업관리과, 국제경제무역과–영어구두시험 / 금융학과, 회계학과, 호텔공영과–면접, 인력자원관리과)				
인문사회과학부 (공공사업관리과, 신문방송학과, 법학과–영어구두, 면접–예술설계과 등)				

학교 주소 및 연락처

- 주소 : 中國上海市華山路1954號
- 전화 : 86-21-6293-2276
- 홈페이지 : http://www.sie.sjtu.edu.cn
- 이메일 : iso@sjtu.edu.cn

북경사범대학

신청기간

- 현대한어과 : 6월 10일, 11월 30일
- 본   과 : 6월 10일, 11월 30일
※신청기간의 경우 매년마다 약간의 차이가 있습니다.

입학시험

- 시험일자 : 서류전형

주요 학과

※유학생 신청학과는 매년 달라질 수 있습니다.

중국언어	국제경제 및 무역	음악학	정보과학기술	체육경제
중어중문학	금융학	무용학	생물과학 및 생물기술	스포츠트레인
역사학	회계학	미술학	심리학	체육교육
철학	전자상무	아트디자인	자원 및 환경과학	인력자원관리
사상정치교육	교육학	수학 및 응용수학	환경공학	화학
사회직업	영어	물리학	관리과학	천문학
법학	일어	재료물리	정보관리 및 정보시스템	영화영상학
경제학	러시아어	공상관리		

학교 주소 및 연락처

- 주소 : 北京市新街口外大街19　郵編 : 100875
- 전화 : 86-10-5880-0325
- 홈페이지 : http://www.uibe.edu.cn
- 이메일 : isp@bnu.edu.cn